Gottsched | Sterbender Cato

Johann Christoph Gottsched

Sterbender Cato

Mit Auszügen aus der zeitgenössischen Diskussion über Gottscheds Drama im Anhang

Herausgegeben von Horst Steinmetz
Mit einem Nachwort von Romana Weiershausen

1731

Reclam

RECLAMS UNIVERSAL-BIBLIOTHEK Nr. 14008
1964, 2020 Philipp Reclam jun. Verlag GmbH,
Siemensstraße 32, 71254 Ditzingen
Gestaltung: Cornelia Feyll, Friedrich Forssman
Aktualisierte Ausgabe 2020
Druck und Bindung: Kösel GmbH & Co. KG,
Am Buchweg 1, 87452 Altusried-Krugzell
Printed in Germany 2020

ISBN 978-3-15-014008-6

Auch als E-Book erhältlich

www.reclam.de

Sterbender Cato
Ein Trauerspiel

Vorrede

Ich unterstehe mich eine Tragödie in Versen drucken zu lassen, und zwar zu einer solchen Zeit, da diese Art von Gedichten in Deutschland seit dreißig und mehr Jahren ganz ins Vergessen geraten; und nur seit kurzem auf unserer Schaubühne sich wieder zu zeigen angefangen hat. Diese Verwegenheit ist in der Tat so groß, dass ich mich deswegen ausführlich entschuldigen muss. Ich weiß zwar, dass ein einziges herrliches Muster, dieser in Verfall geratenen Art der Gedichte, wohl eher ganze Nationen rege gemacht, und ihnen einen Geschmack davon beigebracht. Der berühmte Cid des Corneille hat dieses in Frankreich, die Merope des Hrn. Maffei in Italien und Hrn. Addisons Cato in Engelland zur Genüge erwiesen. Allein ich bin auch im Gegenteil versichert, dass Leute, die einer Sache nicht recht gewachsen sind, durch übel geratene Proben alles verderben; und oftmals eine Art von Poesien in solche Verachtung bringen können, dass sich niemand mehr die Mühe nimmt sie zu übertreffen oder dasjenige, was sie schlimm gemacht haben, wieder zu verbessern.

Eben deswegen habe ich mich seit drei Jahren, da ich in meiner Critischen Dichtkunst unsre Nation zu Hervorsuchung dieser Art großer Gedichte aufgemuntert, und einige Anleitung dazu gegeben, nicht gewaget, selbst ans Licht zu treten, oder andern mit meinem Exempel vorzugehen. Ich habe gewartet, ob sich nicht etwa ein geschickterer Poet unsres Vaterlandes hervortun, und ein Werk unternehmen würde, welches ihm und Deutschland Ehre machen könnte. Es fehlt uns in der Tat an großen und erhabenen Geistern nicht, die zur tragischen Poesie gleichsam geboren zu sein scheinen. Es kommt nur auf die Wissenschaft der Regeln an; die aber nicht ohne alle Bemühung und Geduld gefasset werden können. Es gehört auch Gelegenheit dazu, die deutsche Schaubühne nach ihren bisherigen Fehlern und erforderlichen Tugenden kennenzulernen: Wie denn auch die Kenntnis des französischen, englischen und italienischen Theaters einigermaßen hierzu nötig ist. Und ohngeachtet ich Ursache habe zu glauben, dass es verschiedene unter unsern Dichtern gebe, die mit allen diesen Vorteilen reichlich versehen sind; wie ich denn selbst einige davon nennen könnte: So habe ich doch bisher vergeblich auf die Erfüllung meines Wunsches gehoffet.

Ehe ich mich aber erkläre, aus was für Ursachen ich mich endlich entschlossen habe, dieses Trauerspiel ans Licht zu stellen, muss ich mit Wenigem melden, wie ich zuerst auf die theatralische Poesie gelenket worden, und was mich endlich bewogen, selbst Hand anzulegen, und einen Versuch darinnen zu tun. Es sind nunmehro 15 oder 16. Jahre, als ich zuerst *Lohensteins* Trauerspiele lase, und mir daraus einen sehr wunderlichen Begriff von der Tragödie machte. Ob ich gleich von vielen diesen Poeten himmelhoch erheben hörte, so konnte ich doch die Schönheit seiner Werke selber nicht finden, oder gewahr werden. Ich ließ also diese Art der Poesie in ihren Würden und Unwürden beruhen: Weil ich mich nicht getrauete, mein Urteil davon zu sagen. Ich lase auch um eben die Zeit *Opitzens Antigone*, die er aus dem Sophokles verdeutschet hat. Allein ob mir wohl die andern Gedichte dieses Vaters unsrer Dichtkunst ungemein gefielen: So konnte ich doch die rauen Verse dieser etwas gezwungenen Übersetzung nicht leiden; und daher kam es, dass ich auch an dem Inhalte dieser Tragödie keinen Geschmack fand. Ich blieb also im Absehen auf die theatralische Poesie in vollkommener Gleichgültigkeit oder Unwissenheit, bis ich etliche Jahre hernach den *Boileau* kennenlernte. Damals ward ich denn, teils durch die an den *Molière* gerichtete Satire, teils durch den hin und her eingestreuten Ruhm oder Tadel theatralischer Stücke begierig gemacht, selbige näher kennenzulernen.

Obwohl ich nun den Moliere leicht genug zu lesen bekam; so war doch in meinem Vaterlande keine Gelegenheit, eine Komödie oder Tragödien spielen zu sehen: Als wozu mir dieses Lesen eine ungemeine Lust erwecket hatte. Ich musste mir also diese Lust vergehen lassen, bis ich im Jahr 1724 nach Leipzig kam, und daselbst Gelegenheit fand, die privilegierten Dresdenischen Hofkomödianten spielen zu sehen. Weil sich dieselben nur zur Messzeit allhier einfanden, so versäumte ich fast kein einziges Stücke, so mir noch neu war. Dergestalt stillte ich zwar anfänglich mein Verlangen dadurch: Allein ich ward auch die große Verwirrung bald gewahr, darin diese Schaubühne steckte. Lauter schwülstige und mit Harlekins Lustbarkeiten untermengte Haupt- und Staatsaktionen, lauter unnatürliche Romanstreiche und Liebeswirrungen, lauter pöbelhafte Fratzen und Zoten waren dasjenige, so man daselbst zu sehen bekam. Das einzige gute Stücke, so man aufführete, war Der Streit zwischen Ehre und Liebe, oder *Roderich und Chimene*, aber nur in ungebundener Rede übersetzt. Dieses gefiel mir nun, wie leicht zu erachten ist, vor allen andern, und zeigte mir den großen Unterschied zwischen einem ordentlichen Schauspiele, und einer regellosen Vorstellung der seltsamsten Verwirrungen, auf eine sehr empfindliche Weise.

Hier nahm ich nun Gelegenheit, mich mit dem damaligen Prinzipal der Komödie bekanntzumachen, und zuweilen von der bessern Einrichtung seiner Schaubühne mit ihm zu sprechen. Ich fragte ihn sonderlich, warum man nicht Andr. Gryphii Trauerspiele, imgleichen seinen Horribilicribrifax u. d. m. aufführete? Die Antwort fiel, dass er die erstern auch sonst vorgestellet hätte: Allein itzo ließe sichs nicht mehr tun. Man würde solche Stücke in Versen nicht mehr sehen wollen: Zumal sie gar zu ernsthaft wären, und keine lustige Person in sich hätten. Ich riet ihm also einmal ein neues Stücke in Versen zu versuchen; und versprach selbsten einen Versuch darin zu tun.

Da ich aber noch keine Regeln der Schauspiele verstund, ja nicht einmal wusste, ob es dergleichen gäbe: So übersetzte ich aus den Fontenellischen Schäfergedichten den *Endimion*, so wie ich denselben bei der ersten Auflage der Gespräche von mir als einer Welt habe drucken lassen; machte aber hier und dar, noch einige Zusätze von lustigen Szenen darzwischen, welche zusammen ein Zwischenspiel ausmachten, so mit der Haupthandlung gar nicht verbunden war. Ich verstund nämlich die Schaubühne so wenig, als der Prinzipal der Komödie; und ohngeachtet es mich damals verdross, dass er meine Übersetzung aufzuführen das Herz nicht hatte: So ist mirs doch itzo sehr lieb, dass solches nicht geschehen ist; zumal da Endimion sich mehr zu einer Oper, als zu einer Komödie geschicket hätte.

Indessen gaben mir die schlechten Stücke, die ich spielen sahe, vielfältige Gelegenheit, auch ohne alle Kenntnis der Regeln, das unnatürliche Wesen derselben wahrzunehmen: Zugleich aber machte mich dieses begierig mich um die Regeln der Schaubühne zu bekümmern. Ich konnte mir nämlich leicht einbilden, dass eine so weitläuftige Art der Gedichte unmöglich ohne dieselben bestehen könnte; da man es den allerkleinsten Poesien daran nicht hatte fehlen lassen. In allen unsern deutschen Anleitungen zur Poesie fand ich kein Wort davon; ausgenommen in *Rothens* Deutscher Poesie, die 1688 hier in Leipzig herausgekommen. Alle übrige, auch sogar *Menantes* in seinen Theatralischen Gedichten, und der von ihm ans Licht gestellten allerneuesten Art zur galanten Poesie zu gelangen, hatten nur eine seichte Anleitung zur Oper gegeben. Doch da mir auch Rotthe noch kein Gnügen tat, ob er gleich nicht übel davon gehandelt hat; und ich in ihm des *Aristoteles* Poetik gelobt fand: So ward ich begierig dieselbe zu lesen; und es fiel mir zu allem Glücke *Daciers* französische Übersetzung derselben in die Hände. Diese hielte außer dem Texte sehr ausführliche Anmerkungen in sich, und gab mir also den längst gewünschten Unterricht in diesem Stücke. Es kamen mir nachmals *Casaubonus de Poesi Satyrica Graecorum, Rapollts Poetica Aristotelica,* imgleichen *Heinsius De tragoediae constitutione,* des Abts von *Aubignac Pratique du Théâtre,* und andre Schriften mehr in die Hand, die nur beiläufig von diesen Sachen handelten; dahin ich hauptsächlich den englischen Spectator, und den St. Evremont rechnen muss. Und zu geschweigen, dass ich mir des *Corneille, Racine, La Grange, la Motte, Molière, Voltaire* u. a. Schauspiele nebst den ihnen vorgesetzten Vorreden und beigefügten kritischen Abhandlungen bekannt gemachet: So kam endlich noch des Abts *Brumois Théâtre des Grecs* und des Italieners *Riccoboni Histoire du Théâtre Italien* dazu, die mir noch mehr Licht in dieser Materie verschaffeten.

Je mehr ich nun durch die Lesung aller dieser Werke die wohl eingerichteten Schaubühnen der Ausländer kennenlernte: Desto mehr schmerzte michs die deutsche Bühne noch in solcher Verwirrung zu sehen. Indessen aber, dass mir das Licht nach und nach aufging: So geschah es, dass die Dresdenischen Hofkomödianten einen andern Prinzipal bekamen; der nebst seiner geschickten Ehegattin, die gewiss in der Vorstellungskunst keiner Französin oder Engelländerin was nachgibt, mehr Lust und Vermögen hatte, das bisherige Chaos abzuschaffen, und die deutsche Komödie auf den Fuß der französischen zu setzen. Den ersten Vorschub dazu tat so zu reden der Hochfürstl. Braunschweigische Hof, woselbst zu des höchstseel. Herzogs Anton Ulrichs Zeiten, schon längst ein Versuch gemacht worden war, die Meisterstücke der Franzosen in deutsche Verse zu übersetzen, und wirklich aufzuführen. Man gab ihnen die Abschriften vieler solchen Stücke; und ob sie gleich mit dem Regulus des *Pradons*, eines nicht zum Besten berüchtigten Poeten den Anfang machten, den *Bressand* an obgedachtem Hofe schon vor vielen Jahren in ziemlich raue Verse übersetzt hatte: So gelung ihnen doch dieses Stücke durch die gute Vorstellung so gut, dass sie auch den Brutus, imgleichen den Alexander und Porus von ebendiesem Übersetzer; und bald darauf auch den Cid des Corneille aufführeten, der aber von einem weit geschicktern Poeten, in viel reinere und angenehmere Verse übersetzt war, als jene, und also auch ungleich mehr Beifall fand, als alle poetische Stücke, die man vorhin gesehen hatte.

Hierauf schlug ich, die angefangene Verbesserung unsrer Schaubühne, so viel mir möglich war, fortzusetzen, und zu unterstützen, dem dermaligen Direktor derselben, auch den von einem vornehmen Ratsgliede in Nürnberg übersetzten Cinna vor, der in der Sammlung seiner Gedichte, die unter dem Titel der Vesta und Flora herausgekommen, befindlich ist. Wie nun dieses Meisterstücke des Corneille durchgehends großen Beifall fand: So machte ich selbst endlich mit Übersetzung der Iphigenia aus dem Racine einen Versuch, und spornte zugleich ein paar gute Freunde, und geschickte Mitglieder der Deutschen Gesellschaft allhier an, dergleichen zu tun; da denn der eine den andern Teil des Cids, oder Chimenens Trauerjahr; der andre aber die Berenice aus dem Racine ins Deutsche brachte. Alle dreie wurden mit ziemlichem Beifalle aufgeführet, so dass man dergestalt schon acht regelmäßige Tragödien in Versen auf unserer Schaubühne sehen konnte. Ich schweige was wir der geschickten Feder Hrn. Kochs, eines der geschicktesten Acteurs hierin zu danken haben, der uns ein paar Stücke von Titus Manlius selbst geliefert, den verheirateten Philosophen aus dem Französischen übersetzet; die Sinilde aber aus des Herrn. Geh. Sekr. Königs Opera, Sancio entlehnet, und mit einiger Veränderung in eine Tragödie verwandelt hat.

Nachdem ich also beiläufig eine kurze Historie von der angefangenen Verbesserung der deutschen Schaubühne gegeben:

So muss ich endlich auch auf meinen Cato kommen, und überhaupt von der Einrichtung dieses Stückes Red und Antwort geben.

Cato von Utica ist zu allen Zeiten vor ein ganz besonderes Muster der stoischen Standhaftigkeit, und der patriotischen Liebe zur Freiheit gehalten worden. Poeten, Redner, Geschichtschreiber und Weltweisen haben ihn in ihren Schriften um die Wette bewundert und gepriesen. Sogar unter dem unumschränkten Regimente der römischen Kaiser, welche alle Cäsars Nachfolger waren, konnten sich die größten Leute in Rom nicht enthalten, diesen eifrigen Verfechter einer freien Republik zu loben, der in dem ersten Unterdrücker derselben alle Fortpflanzer seiner Herrschaft und Regierung vor Tyrannen erkläret hatte. Virgil und Horaz haben dieses unter Augusts Regierung, Lucan und Seneca aber unter dem Claudius und Nero getan. Maternus, ein Poet, der nach dem Berichte des alten Gespräches von Rednern, oder von den Ursachen der verfallenen Beredsamkeit, eine Tragödie von dem Cato gemachet, muss auch etwa um diese Zeiten gelebet haben: Und sein Trauerspiel wird gewiss den Hass gegen das monarchische Regiment nicht undeutlich oder schwach ausgedrücket haben, weil seine guten Freunde es vor anzüglich und gefährlich hielten, wie aus dem angezogenen Gespräche gleich im Eingange erhellet.

Cato hat sich in Utica selbst ermordet. Diese außerordentliche Todesart hat sein Ende zu einer Tragödie überaus geschickt gemacht, und es ist also kein Wunder, dass die Poeten aller Nationen diese Begebenheit in solcher Absicht ergriffen, und sie auf die Schaubühne zu bringen bemüht gewesen. Der obgedachte Maternus ist wohl der erste gewesen, der unter Catons Landsleuten solches versuchet hat: Nur ist es zu bedauren, dass dieses Trauerspiel verloren gegangen. Ohne Zweifel würden wir in demselben starke Überreste einer römischen, das ist edle

Liebe zur Freiheit, und einen großen Hass wider die Tyrannei angetroffen haben; die durch den nahen Eindruck, den so viel ungerechte und grausame Kaiser erhabnen Gemütern damals machten, ziemlich lebhaft werden vorgestellet worden sein.

Etwa im Jahr 1712 und also vor zwanzig Jahren hat sich Addison, ein englischer Staatssekretar und berühmter Poet, an eben diesen Helden gemacht, und im Anfange des 1713ten Jahres seinen Cato wirklich aufführen lassen, wie ich aus dem Guardian ersehe. Es ist unbeschreiblich, mit was für einer Begierde dieses Trauerspiel von jedermann besuchet, und wie wohl es von allen, die es gesehen, aufgenommen worden. Es kann sein, dass die Neigung der englischen Nation zu ihrer Freiheit, und der ihr gleichsam angeborne Abscheu vor einem tyrannischen Regimente, viel dazu beigetragen, dass die Vorstellung eines ebenso gesinnten Römers ihnen so wohl gefallen. Allein so viel ist auch gewiss, dass dieses Trauerspiel sehr viele wahrhafte Schönheiten in sich hält, die nicht nur Engelländern, sondern allen vernünftigen Zuschauern von der Welt gefallen müssen. Die Charaktere, Sitten und Gedanken der Personen sind überaus wohl beobachtet: Sonderlich ist Cato selbst, als der redlichste Patriot, als der tugendhafteste Mann und vollkommenste Bürger einer freien Republik darinnen vorgestellet. Doch dieses Trauerspiel bedarf meines Lobes nicht, da es auch in einer ungebundenen französischen Übersetzung schon diesseits des Meeres überall Beifall gefunden hat.

Fast um eben die Zeit, oder doch nicht viel später hat sich auch in Frankreich jemand an diese tragische Begebenheit gemacht, und sie auf die Schaubühne gestellet. Dieses war Herr *Deschamps*, der mir nicht weiter, als aus seinem Cato, der im Haag 1715 herausgekommen, bekannt ist. Es scheinet dieser Poet habe des Hrn. Addisons Arbeit noch gar nicht gesehen gehabt, oder vielleicht gar nichts davon gewusst, als er sein Trauerspiel unternommen: Denn beide haben nicht die geringste

Ähnlichkeit miteinander. Man findet eine ganz andre Fabel, andre Personen, andre Verwirrungen, und eine andre Auflösung derselben darinnen, als in der englischen Tragödie. Nur des Cato sein Charakter ist darin ebenso fürtrefflich beobachtet, als in Addisons Cato immermehr geschehen: Wenn man nur den Tod selbst, ja die ganze letzte Handlung ausnimmt. Denn wie ich bald erinnern will, so hat die englische Tragödie hierin ihren besonderen Vorzug; Da hergegen die französische ihrer regelmäßigen Einrichtung nach, der englischen weit vorzuziehen ist.

Wer da weiß, dass die afrikanische Königin Sophonisbe auch das Glück gehabt, von vier heutigen Nationen in Trauerspielen aufgeführet zu werden, nämlich von Italienern, Franzosen, Engelländern und Deutschen: Den wird es nicht wundernehmen, dass Cato auch dieser Ehre würdig geschätzet worden. Nur ist es zu beklagen, dass sich unter uns Deutschen keine geschicktere Feder an diese Arbeit gemacht, als eben die meinige. Eben diese Erkenntnis meiner Unfähigkeit aber hat auch verursachet, dass ich mich nicht unterfangen habe, eine ganz neue Fabel zum Tode Catonis auszusinnen. Zweene von meinen Vorgängern waren mir bekannt, und ich habe mir beider ihre Stücke zu Nutze gemacht, so dass man, wie dort von Terenz gesagt wird, auch von mir sagen kann:

Quae convenere in Andriam ex Perinthia,
Fatetur transtulisse atque usum pro suis.

Mein Trost aber ist gleichfalls, dass ich ebenso wohl, als dort an einem andern Orte geschieht, mit dem Exempel andrer berühmter Poeten entschuldiget werden kann:

Habet bonorum exemplum: quo exemplo sibi
Licere id facere, quod illi fecerunt, putat.

Denn zu geschweigen, dass Terentius selbst vielmals aus dem Menander ganze Stücke, doch mit einiger Veränderung entlehnet oder anders zusammengesetzet hat; so haben ja auch die größten französischen Tragödienschreiber z. E. Corneille und Racine sehr oft den Sophokles und Euripides der Griechen dergestalt gebraucht, dass sie selbige teils nachgeahmet, teils übersetzet, teils nach ihrem eigenen Kopfe in etlichen Stücken was verändert haben: Wie unter andern aus dem Ödipus und der Iphigenia zu ersehen ist.

Nun ist es zwar gewiss, dass man mir anfänglich eine bloße Übersetzung des englischen Cato zugemutet, wozu ich auch in reimlosen Versen den Anfang gemachet, wie neulich in den Beyträgen zur Critischen Historie der Deutschen Sprache eine Probe davon mitgeteilet worden. Allein nachdem ich die ganze Einrichtung desselben nach theatralischen Regeln untersuchte, so fand ich dass selbiger so regelmäßig bei Weitem nicht war, als die französischen Tragödien zu sein pflegen. Die Engelländer sind zwar in Gedanken und Ausdrückungen sehr glücklich; sie formieren gute Charaktere, und wissen die Sitten der Menschen sehr gut nachzuahmen: Allein was die ordentliche Einrichtung der Fabel anlangt, darin sind sie noch keine Meister, wie fast aus allen ihren Schauspielen erhellet. Nun wollte ich auf unsrer deutschen Schaubühne nicht gern ein neues Muster aufführen lassen, so den Feinden aller Regeln einen neuen Vorwand geben könnte, zu sagen, dass ein Stücke auch ohne dieselben schön sein könne. Daher änderte ich meinen Vorsatz und beschloss einen ganz andern Cato als den, den Addison gemacht hatte, zu verfertigen.

Es kam mir hier ungemein zustatten, dass die französische Arbeit des Hrn. Deschamps weit genauer den Regeln Aristotelis und andrer Kunstrichter gefolget war: Ja die kritische Vergleichung so am Ende derselben befindlich ist, bekräftigte mich in meinen Gedanken von den Fehlern des englischen

Cato. Zum 1) hat Addison gleichsam drei Fabeln in einer gemacht, davon eine jede vor sich alleine bestehen kann, und nichts zu der Hauptfabel beiträgt, ja dieselbe oft dem Zuschauer oder Leser aus den Augen bringet. Das Hauptwerk ist dieses. Cato ist nebst wenigen Römern, und einiger numidischen Reuterei, in Utica von Feinden umschlossen. Cäsar schickt zu ihm, und bietet ihm den Frieden an. Man schlägt ihn aus; Cäsar lässt seine Armee anrücken; Cato sieht kein Mittel ihm zu widerstehen, und ersticht sich.

Diese Haupthandlung nun zu verlängern sind zwei Nebenfabeln mit eingeschaltet. Die erste ist diese: Portius und Marcus, Catons Söhne, lieben die Lucia, eines römischen Ratsherrn Tochter. Portius, dem sein Bruder sein Geheimnis anvertrauet, verhält sich als ein rechtschaffener Mensch, ohne seiner eigenen Liebe Eintrag zu tun, oder seinen Bruder zu verraten. Indessen wird Marcus ermordet, und Portius bekommt die Lucia.

Die andere ist folgende: Der junge Prinz Juba liebt Catons Tochter Marcia, die von dem Sempronius einem römischen Ratsherrn auch geliebet wird. Dieser ist ein Verräter, und will den Cato ausliefern. Syphax ein Numidier, will ihm darin behülflich sein; und die Soldaten empören sich schon: Cato besänftiget sie aber. Sempron verkleidet sich in des Juba Kleidung, und will die Marcia entführen. Darüber wird er von dem Juba erstochen, der endlich die Marcia bekommt.

Diese beide Zwischenfabeln haben nun mit der Hauptsache, das ist, dem Tode Catons, keine andre Verknüpfung, als dass sie zu einer Zeit, und an einem Orte vorgehen. Sie gehören also gar nicht mit dazu, und streiten wider die Einheit der Handlung, die in jedem Schauspiele sein muss; Zu geschweigen, dass es nicht sehr wahrscheinlich ist, dass man zu einer solchen Zeit, da alles in Lebensgefahr stund, auf viele Liebesverwirrungen werde gedacht haben. Auch die possierliche Verkleidung des Sempronius sieht viel zu komisch vor eine Tragödie aus. Cato selbst kommt in den ersten Handlungen selten in seiner rechten Größe zum Vorschein; außer da er den Aufruhr stillet, und den Tod seines Sohnes Marcus beklaget. Die ganze übrige Zeit wird mit fremden Dingen, die ihn nicht viel angehen, zugebracht.

Zum 2) aber hangen auch die Auftritte der englischen Tragödie sehr schlecht aneinander; wovon Aubignac in seiner *Pratique du Théâtre* kann nachgesehen werden. Die Personen gehen ab und kommen wieder, ohne dass man weiß warum, und die Schaubühne bleibt oft leer, wenngleich noch keine Handlung aus ist. Endlich sind auch oft die Szenen gar nicht abgeteilet, wenngleich neue Personen auftreten, oder alte abgehen, welches bei den Franzosen niemals geschieht; weil es eine Unordnung in dem äußerlichen Ansehen verursachet.

Endlich zum 3ten gefiel mirs im englischen Trauerspiele nicht, dass der sterbende Cato, dieser strenge Verfechter der Freiheit, der ganz andre Dinge im Kopfe hatte, noch in seinem Letzten ein paar Heiraten bestätigen muss. Das Hochzeitmachen hat in theatralischen Vorstellungen dergestalt überhandgenommen, dass ich es längst überdrüssig geworden bin. Die Alten haben es überaus selten angebracht, und ich habe es daher auch hier versuchen wollen, ob denn ein Trauerspiel nicht ohne die Vollziehung einer Heirat Aufmerksamkeit erlangen könne? Dieses ist mir denn eben nicht übel gelungen: Obgleich hier noch nicht halb soviel von der Liebe geredet worden, als in des Racine, Bérénice; wo es gleichfalls zu keiner Vermählung kömmt.

Fragt mich nun jemand: Warum ich nicht den ganzen französischen Cato übersetzt? So sind dieses meine Ursachen. So wahrscheinlich anfänglich die ganze Fabel eingerichtet ist und so groß Cato in den ersten Handlungen dargestellet wird: So schlecht kommt mir die letzte Handlung vor. Er lässt diesen großen Mann nicht als einen Weltweisen, sondern als einen Verzweifelnden sterben. Es entsteht ein Tumult in Utica, der von dem Pharnaz herrührt: Und da Cäsar eben daselbst zugegen ist, seine Soldaten aber außer der Stadt meinen, ihr Haupt sei in Gefahr; so dringen sie herein, und hauen alles darnieder. Darüber nimmt sich Cato das Leben. Das heißt aber gar zu sehr wider die Wahrheit der Geschichte und wider den philosophischen Charakter des Cato gehandelt.

Hernach hatte man hier dem Cato gar keinen Sohn gegeben: Gleichwohl waren die Stellen im englischen Trauerspiele gar zu schön, wo er den einen Sohn tot vor sich siehet, und den andern zur Feindschaft der Tyrannei ermahnet, als dass ich sie hätte weglassen sollen. Ich habe also den Portius beibehalten, ob ich ihm gleich ganz andre Szenen gegeben, als in beiden Tragödien geschehen; den Marcus aber habe ich nur tot vor ihn bringen lassen, nachdem ihn Pharnaz erleget hatte. Dieses musste ich geschehen lassen, weil ich keinen Sempronius oder Syphax mehr hatte, der in dem englischen Stücke befindlich war. Die letzte Handlung habe ich also fast ganz aus dem Addison beibehalten, außer dass ich die Personen geändert, und die Heiraten des Portius und des Juba weggelassen habe. Den Cato hergegen habe ich ganz was anders aus dem Deschamps davor sagen lassen, ehe er stirbt.

Übrigens wird ein jeder wohl sehen, dass hier sowohl die Person der Arsene, als ihre dem Pharnazes versprochene Ehe nur erdichtet worden. Herr Deschamps hat sich deswegen in seiner Vorrede sattsam gerechtfertiget: Weil dasjenige, was uns die Geschichte vom Tode Catons lehren, viel zu kurz gewesen wäre, eine ganze Tragödie auszufüllen. Es ist aber alles sehr wahrscheinlich eingerichtet, so dass niemand was Widersprechendes darin antreffen wird. Bei dieser Zwischenfabel nun, die sich so genau zur ganzen Hauptgeschichte schicket, hat man Gelegenheit eine sehr lasterhafte Person gegen die Tugend des Cato zu stellen; um dieselbe desto mehr zu erheben: Wie etwa die Maler durch den Schatten das Licht desto mehr zu erhöhen wissen.

Ebenso verhält sichs mit der Person Cäsars. In der Tat ist selbiger nicht nach Utica gekommen; sondern es ist abermals nur erdichtet worden, um diese zween große Römer gegeneinanderzuhalten, und den Unterschied einer wahren und tugendhaften Größe, von einer falschen zu bemerken, die aus einem glücklichen Laster entstehet, so zuweilen den Schein der Tugend annimmt. Die Auftritte, da Cato und Cäsar miteinander sprechen, haben daher nicht wenig beigetragen, dass ich die Einrichtung der französischen Fabel der englischen vorgezogen. Der Verfasser hat auch die Kunst gewusst die Gegenwart Cäsars in Utica so wahrscheinlich zu machen, als es möglich gewesen: Indem er gedichtet, dass dieser Held nicht nur aus Begierde zum Frieden, sondern auch aus Liebe zu der vermeinten parthischen Königin sich in diese Gefahr gewaget. Was waget nämlich ein Verliebter nicht, um seinen Gegenstand zu sprechen! Oder vielmehr, was hatte Cäsar bei einem redlichen Cato vor Gefahr zu befürchten?

Endlich muss niemand denken, als wenn die Absicht dieses Trauerspieles diese wäre, den Cato als ein vollkommenes Tugendmuster anzupreisen, nein, den Selbstmord wollen wir niemals entschuldigen, geschweige denn loben. Aber eben dadurch ist Cato ein regelmäßiger Held zur Tragödie geworden, dass er sehr tugendhaft gewesen, doch so wie es Menschen zu sein pflegen; dass sie nämlich noch allezeit gewisse Fehler an sich haben, die sie unglücklich machen können. So will Aristoteles, dass man die tragischen Hauptpersonen bilden soll. Durch seine Tugend erwirbt sich Cato unter den Zuschauern Freunde. Man bewundert, man liebet und ehret ihn: Man wünscht ihm daher auch einen glücklichen Ausgang seiner Sachen. Allein, er treibet seine Liebe zur Freiheit zu hoch, so dass sie sich in einen Eigensinn verwandelt. Dazu kommt seine stoische Meinung von dem erlaubten Selbstmorde. Und also begeht er einen Fehler, wird unglücklich und stirbt: Wodurch er also das Mitleiden seiner Zuhörer erwecket, ja Schrecken und Erstaunen zuwege bringet. Man hat ihn selbst zuletzt noch einen Seufzer zu den Göttern tun lassen, um dieselben um ihre Barmherzigkeit anzuflehen; im Fall er irgend zu viel getan hätte. Dieses kann allerdings auch ein Weltweiser tun: Wie man denn von dem Aristoteles schreibt, dass er mit dem Seufzer verschieden sei: Ens entium miserere mei!

Wie ich nun in dem allen die Regeln der Alten von Trauerspielen aufs Genaueste beobachtet zu haben glaube: Also habe ich das Vergnügen gehabt, zu sehen, dass dieses Stück auch Gelehrten und Ungelehrten in der Aufführung gefallen, und vielen von beiden Gattungen Tränen ausgepresset hat. Es ist wahr, dass die gute Vorstellung der theatralischen Hauptpersonen viel dazu beigetragen; darunter gewiss Cato, Portia und Cäsar die vornehmsten sind. Deswegen habe ich auch kein Bedenken getragen, nach dem Exempel der Franzosen und Engelländer, die Namen dieser und aller übrigen geschickten Personen hierbei bekanntzumachen. Ich überlasse es also verständigen Lesern, ob sie auch ohne die äußerliche Vorstellung, bei eigener Aufmerksamkeit einige Bewegungen dabei empfinden werden.

Geschieht dieses, so bin ich zufrieden, dass ich zum wenigsten das Gute der französischen und englischen Stücke nicht verderbet habe. Denn überhaupt bekenne ich, dass alles was an diesem meinem Cato zu loben sein wird, von dem Addison und Deschamps herrühret; alles Schlechte aber, mir selber und meiner Unfähigkeit in der tragischen Poesie zuzuschreiben sei. Ich erkenne es also nunmehro selbst, wiewohl zu spät, dass ich lieber einen bloßen Übersetzer abgeben; als mich selbst gewissermaßen zu einem tragischen Poeten hätte aufwerfen sollen.

Personen des Trauerspiels

CATO	Hr. Kohlhardt
ARSENE oder PORTIA	Fr. Neuberin
PORTIUS, Catons Sohn	Hr. Suppich
PHENICE, Arsenens Vertraute	Jgfr. Buchnerin
PHOCAS, Catons Bedienter	Hr. Gottschalck
PHARNACES, König aus Pontus	Hr. Neuber
FELIX, sein Bedienter	Hr. Türpe
CÄSAR	Hr. Koch
DOMITIUS, sein Bedienter	Hr. Jacobi
ARTABANUS, ein Parther	Hr. Schönemann
CATONS Gefolge	
CÄSARS Gefolge	

Der Schauplatz ist in einem Saale, des festen Schlosses in Utica, einer wichtigen Stadt in Afrika.

Die Geschicht oder Begebenheit des ganzen Trauerspiels hebet sich zu Mittage an, und dauret bis gegen der Sonnen Untergang.

Die erste Handlung

Erster Auftritt

Arsene, Phenice.

ARSENE.
Phenice, komm nur her, hier will ich mich verweilen;
Allhier soll Cato mir den besten Trost erteilen.
Von ihm erwart ich ihn, er ist der große Mann,
Auf den das freie Rom noch einzig bauen kann.
Ich selbst will ihm mein Glück und Leben anvertrauen,
Bei ihm will ich mich frei von so viel Wettern schauen,
Die mich bisher bestürmt. Mein Vater, wie man spricht,
Arsaces, hat nunmehr das letzte Lebenslicht
Mit Tod und Gruft vertauscht. Pharnaces aber lebet!
Und weil er sich hieher nach Utica erhebet:
So dringt das Unglück itzt ganz häufig auf mich ein;
So muss ich überall geplagt und trostlos sein.

PHENICE.
Prinzessin, soll der Held, vor dem sich Pontus beuget,
Der Euch so zärtlich liebt, Euch so viel Gunst bezeuget,
Sagt, soll Pharnaces nicht den Wunsch erfüllet sehn,
Als Euer Bräutigam.

ARSENE.
Er? Das wird nie geschehn!

PHENICE.
Warum entsetzt Ihr Euch? Prinzessin, da die Mienen,
Da selbst die Seufzer Euch schon zu Verrätern dienen.
Umsonst verstellt Ihr Euch. Die Tränen fließen zwar:
Allein aus Liebe bloß. Gestehts nur, ists nicht wahr?

ARSENE.

Ich habe freilich mich bisher vor dir verstecket,
Und meine Schwachheit noch kein einzig Mal entdecket.
Mein Vater lebte noch. Wie hätt ichs wohl gewagt,
Da mir sein hartes Wort das Lieben untersagt?
Die Klugheit lehrte mich die Neigung zu verhehlen,
Und aus Verstellung den, der ihm gefiel, zu wehlen.
Wie teuer kömmt uns doch der hohe Stand zu stehn!
Wie grausam pflegt man nicht mit Fürsten umzugehn!
Man ist in Wahrheit nicht sein eigner Herr zu nennen.
Ein unschuldvoller Trieb, davon die Herzen brennen,
Muss ein Verbrechen sein. Man opfert uns dem Staat,
Und wer aus Sehnsucht liebt, begeht den Hochverrat.
Doch, endlich hab ich nun als Königin zu sprechen:
Drum will ich gegen dich mein langes Schweigen brechen.
Ich will die Glut gestehn, davon mein Herze brennt,
Die noch kein Mensch gespürt und die noch niemand kennt.
Phenice, kannst du dich des Römers noch entsinnen,
Den Cäsar einst gesandt den Vater zu gewinnen?

PHENICE.

Sehr wohl! Er zeigte sich in allem als ein Held.
Die Parther haben oft das Urteil selbst gefällt:
Es sei was mehr in ihm, als man geglaubt, verhanden;
Weil sie bei ihm durchaus was Königliches fanden.

ARSENE.

O Himmel! Hätt ich es auch damals wohl gedacht,
Dass nur ein Augenblick, der mich entzückt gemacht,
Mir so viel Kümmernis und Tränen kosten sollte?
Denn als der Römer da den Einzug halten wollte,
Und an des Vaters Hof sich würklich sehen ließ;
Empfand ich, dass er stets mein Auge nach sich riss.
Sein Ansehn, Gang und Blick schien ungemein und prächtig,
Und seine Majestät war meiner Brust zu mächtig.

Kurz er bezwang mein Herz, durch einen schnellen Sieg;
Weil ihm was Göttliches aus Stirn und Augen stieg.
Jetzt trotzt sein Heldenmut, in Cäsars Dienst, dem Glücke.
Und mein verliebtes Herz beweinet mein Geschicke.

PHENICE.

Prinzessin, kann es sein? Ists möglich, dass Ihr liebt
Und gleichwohl den nicht kennt, dem sich das Herz ergibt?
Wie heißt der Sieger denn?

ARSENE.

Ich kann ihn zwar nicht nennen,
Doch gab sein edles Tun ihn sattsam zu erkennen.
Denn wem das Schicksal schon die Krone zugedacht,
Nimmt gleich an andern wahr, was sie zu Fürsten macht.
Die Ahndung der Natur gibts heimlich zu verstehen,
Und lässt sich nicht so leicht betrüglich hintergehen.
Doch, Cato kömmt bereits. Phenice, siehst du nicht,
Dass seiner Weisheit Strahl durch Schmerz und Kummer bricht.
Bewundre doch den Held! Er hat nicht seinesgleichen,
Die Götter haben ihn mit vielen Unglücksstreichen
Bisher umsonst versucht. Er steht noch immer fest:
Weil ihn sein starker Mut nicht einmal wanken lässt.
Er bleibet gleich gesinnt bei allen ihren Schlägen,
Und setzet ihrem Zorn nichts als sich selbst entgegen.
Ein vielmal größer Lob!

Der andere Auftritt

Cato. Arsene. Phenice. Catons Gefolge.

CATO.

Ich höre, Königin,
Ihr seid so kummervoll als Rom, als ich itzt bin.
Das Schicksal drücket Euch und uns mit gleichen Händen.
Arsaces ist nun tot. Wohin wollt Ihr Euch wenden?
Indessen wartet nur auf keinen Trost von mir!
Ihr seid so unverzagt in Eurer Not als wir.
Ihr mögt Euch, wie Ihr wollt, mit fremder Kleidung decken;
Man sieht ein römisch Herz in Eurem Busen stecken.
Nunmehr erwägt es wohl: Da Euer Vater fällt,
Und Euch ein stolzes Volk die Krone zugestellt:
Sagt, ob der teure Bund, den er und wir beschworen,
Durch seinen Tod die Kraft und Gültigkeit verloren?

ARSENE.

Nein, Herr, er steht noch fest. Der unbesiegte Phrat
Verehrt den Friedensschluss mit Euch und Eurer Stadt.
War Euch Arsaces treu; ich bins mit stärkerm Triebe:
Nur denket mir nicht mehr an des Pharnaces Liebe!

CATO.

Wie? Königin!

ARSENE.

So ists. Denn als vor kurzer Zeit
Ein Krieg der Römer Macht und unser Reich entzweit:
So wisst Ihr selber wohl, wie Crassus umgekommen;
Als unsrer Parther Schwert ihm Volk und Sieg genommen.
Allein Ihr wisst wohl nicht was da Pharnaces tat?
Mein Bruder, der nach mir das Rund der Welt betrat.
Pacor, der jüngste Sohn von meines Vaters Ehe,

Um den ich itzo noch in tiefer Trauer stehe,
Der unsers Volkes Lust, der Feinde Schrecken ward,
Den ließ Pharnaces selbst, nach Meuchelmörder Art,
In einer strengen Schlacht durch Hinterlist ermorden:
Dieweil des Bruders Arm ihm selbst zu stark geworden.

CATO.

O welch ein Bubenstück! Ich hab es nicht gewusst:
Doch rührt mich, Königin! der Schmerz in Eurer Brust.

ARSENE.

Ja glaubt nur Cato, glaubt sein grausames Verfahren:
Weil Schwert und Arme stets von Lastern blutig waren.
Er hatte diesen Mord bishero ganz versteckt:
Nur gestern hat ihn mir der Bösewicht entdeckt,
Der selbsten dazumal das Blut Pacors vergossen;
Weil sein Gewissen ihm die Lippen aufgeschlossen.
Nun, da der Parther Reich in Fried und Ruhe steht,
Soll er der Bräutigam sein, der mir zur Seite geht!
Wer schon in Lastern steckt wird insgemein verwegen.
Pharnaces wagte sich mir Netz und Strick zu legen;
Er kam an unsern Hof und suchte mich zur Braut:
Ich ward ihm spinnenfeind, sobald ich ihn geschaut.
Und dennoch ließ ich mich, gleich zahmen Opfertieren,
Geduldig bis nach Rom zur Hochzeitfeier führen.
Doch hab ich Hymens Joch bisher noch nicht gesehn:
Der Römer Zwietracht machts, dass es noch nicht geschehn.
Der Krieg, Pompejens Fall, und Cäsars Siegeszeichen,
Die ließen den Pharnaz aus seinem Staat nicht weichen.
Und dieses zwang auch mich zu Euch, mein Herr, zu fliehn;
Nun kömmt er gleichfalls her die Hochzeit zu vollziehn;
Wiewohl, ich wüsste nicht, was ich beginnen sollte,
Wenn seine Raserei mich irgend zwingen wollte.

CATO.

Prinzessin, diese Stadt kann Eure Zuflucht sein,

Selbst Cato schließet sich in ihre Mauren ein.
Rom seufzet, und es steht das Capitol in Flammen!
Hier zieht die Freiheit noch die letzte Kraft zusammen,
Mit der die Republik gewiss zu Grunde geht,
Und wenn sie einmal fällt, wohl niemals aufersteht.
Das beste Kriegesvolk hat sich hieher gezogen;
Doch ist uns sonderlich die Tugend selbst gewogen:
Sie schützet Turn und Wall, ja selbst die Billigkeit
Scheut hier die Waffen nicht und folgt uns in den Streit.
Hier lass ich unsern Rat noch einst zusammenkommen;
An Anzahl hat er zwar sehr merklich abgenommen:
Doch an der Hoheit nicht, so ihm die Tugend gibt,
Die mehr ein redlich Herz als Glanz und Ansehn liebt.
Hier können Könige noch eins so sicher wohnen;
Als wo man sie verehrt, als auf den höchsten Thronen.
Das Recht beschützt Euch selbst; drum dämpfet Gram und Pein,
Und bauet nur, wie Rom, hinfort auf mich allein.
Mein Schicksal lenkt mich stets die Bosheit zu bestreiten,
Und sollt ich mir dadurch mein eigen Grab bereiten!

ARSENE.

Nein, Herr, ich bitte, gebt der Ahndung kein Gehör!
Das höchstbedrängte Rom braucht so ein Haupt noch mehr.
Denn zweene können itzt nicht wohl entbehret werden,
Im Himmel Jupiter und Cato hier auf Erden.
Wiewohl es kömmt vielleicht Pharnaz in Kurzem her;
Darum entfern ich mich. Sein Anblick fällt mir schwer.
(Sie geht ab.)

CATO (allein).

Ich spüre neuen Trieb Arsenen zu beschützen.
Allein was seh ich doch aus ihren Augen blitzen?
Sie gleicht der Portia! Mein Kind lebt fast in ihr!
Doch, Phocas lässt sich sehn; was will er doch bei mir?

Der dritte Auftritt

Phocas. Artabanus. Cato.

PHOCAS.
Herr, dieser Tag hebt an das Ungemach zu dämpfen.
Ein neuer Beistand kömmt und hilft uns künftig kämpfen.
Ihr wisst es selber wohl, dafern Ihr Euch besinnt.
Als Eure Gattin starb, blieb Euch ein junges Kind.
Des Crassus Ehgemahl erzog es bei den Scharen,
Die wider den Arsaz mit ihm zu Felde waren,
Im fernen Orient. Und damals ists geschehn.
Dass wir von Parthern uns einmal umringt gesehn;
Die Festung ward bestürmt, darin wir uns befanden,
Das Schwert fraß alles weg: Es war kein Rat vorhanden!
Ich ganz allein entkam dem grimmigen Geschick,
Und bracht Euch schreckenvoll die böse Post zurück.

CATO.
Warum erneuerst du ein traurig Angedenken?
Und warum soll mich itzt ein alter Kummer kränken?
Weil ich die Portia mein Kind daselbst verlor?

PHOCAS.
Ich hab es auch geglaubt; und konnte nichts davor;
Allein sie lebet noch!

CATO.
Wie? Was? Mein Kind am Leben?
Was sagst du?

PHOCAS.
Ja, mein Herr! Ihr seht mich selber beben;
Ich bin sowohl erstaunt, als Ihr dabei erschreckt:
Doch Artaban hat mir die Heimligkeit entdeckt.
Ich hab ihn hergebracht, Euch alles zu erklären:

Was Ihr nur wünschen könnt, das kann er Euch gewähren.
Er riss mich dazumal, als er mein Sieger war,
Mit großmutvoller Faust aus tödlicher Gefahr.
Nun hat Arsaces selbst ihn zu Euch hergeschicket,
Und ich erkannt ihn gleich, sobald ich ihn erblicket.

ARTABANUS.

Arsaces hatte nur ein einzig Ehepfand,
Ein wohlgeratnes Kind, an Schönheit und Verstand.
Das starb in seinem Arm. Ich hab es selbst gesehen,
Und also war es fast um Thron und Reich geschehen.
Ein jeder Prinz und Fürst, der seinen Hof betrat,
Zerteilte schon vergnügt der Parther weiten Staat.
Ein unbeerbtes Reich hätt jeder gern gewonnen,
Und zeitig einen Grund zum Aufruhr ausgesonnen.
Drum machte man den Tod Arsenens nicht bekannt,
Bis bald darauf Arsaz die Römer überwand.
Der Himmel und der Sieg erfüllte sein Verlangen,
Und ich bekam im Streit die Portia gefangen.
Dieweil sie nun, mein Herr, an Jugend und Gestalt
Arsenen ähnlich war; so hab ich sie alsbald
Arsacen überbracht: Der nahm die junge Schöne
Vergnügt zur Tochter auf, und nannte sie Arsene.
Dies hat er sterbend auch im Schreiben kundgetan,
Das Euch noch mehr entdeckt, als ich berichten kann.
(Er überreichet dem Cato das Schreiben.)

CATO *(liest).*

Arsaces an den Cato.
Es würde grausam sein, wenn ich erblassen sollte,
Und Eure Tochter Euch noch länger bergen wollte.
Durch ihre Tugenden ist sie der Ehre wert,
So ihr durch Eure Huld und Liebe widerfährt.
Erkennt dann Euer Blut und liebt es in Arsenen!
Und will sie meinen Thron und Purpur nicht verhöhnen,

So nehmt doch ihrer Hand der Parther Zepter nicht:
Indem ihr Regiment der Welt was Guts verspricht.

ARTABANUS.

Erwägt nunmehro selbst ob Ihr es wollt entdecken?
Wo nicht, so kann man es noch fernerhin verstecken.
Befehlt nur, was Ihr wollt. Ich bin sogleich bereit,
Und führe willig aus was Cato mir gebeut.
(Er gehet ab.)

Der vierte Auftritt

Cato und Phocas.

CATO.

Wie? Soll mein eigen Blut mir Brust und Herz zerreißen?
Was? Eine Königin soll Catons Tochter heißen?
Ihr Götter! Schützt ihr so des Cäsars Tyrannei,
Und stürzt das arme Rom in seine Sklaverei?
Ihr gebt mir zwar mein Kind durch eure Gunst zurücke,
Allein es ist dabei ein Scheusal meiner Blicke.
Ihr Anblick war mir lieb; doch dein zu strenger Schluss,
Verhängnis! Kehrt die Lust in Jammer und Verdruss.
Wie kann mir Portia im Kronenschmuck gefallen?
Mein Blut erlaubt es zwar, doch Rom verbeut es allen!
Ach! Cato, diesmal kann, zu deiner größten Pein,
Ein zärtlich Vaterherz kein römisch Herze sein.
Nein, nein, sie soll und muss des Thrones sich entschlagen!
Nur eilend, bringt sie her, der Herrschaft abzusagen.

PHOCAS.

Wie das, Herr? Wird denn itzt nicht zu des Reiches Heil,
Durch des Geschickes Huld, ihr Zepter uns zuteil?
Ihr seht ja, wie es steht. Wird uns vor Cäsars Waffen,

Ein Utica mehr Schutz als Afrika verschaffen?
Wird das verjagte Rom in dieser Mauren Kreis
Vor ihm gesichert sein? Nein, Cato, nein, ich weiß,
An Beistand fehlt es uns! Sonst hat der Krieg ein Ende;
Und Rom gerät nebst uns dem Sieger in die Hände.
Ja glaubt, die Königin, als Eure Tochter, stellt
Zu unsrer Freiheit Schutz, ein parthisch Heer ins Feld.
Entdeckt ihr, wer sie ist; und lehrt sie ihr Geschlechte:
Doch lasst ihr Thron und Reich und bringet Rom zurechte.
Das Schicksal war Euch hold, drum helft ihm selber nun;
Sein Beistand machts nicht aus; man muss das Seine tun!

CATO.

Welch unerhörter Rat! Meinst du, dass Freveltaten
In einer Tugend Dienst auch tugendhaft geraten?
Betrüge dich doch selbst mit leerer Hoffnung nicht!
Mit was vor einer Stirn, mit welchem Angesicht
Würd ich, und Rom dazu, durch ungerechte Waffen,
Des angemaßten Reichs, der Freiheit Hülfe schaffen?
Da schlüge Jupiter mit Blitz und Donner drein!
Vielmehr soll Utica mein Scheiterhaufen sein.
Wir würden sträflicher, als Cäsar, selber werden.
Was recht und billig ist; sonst rührt mich nichts auf Erden!
Tyrannen helfen sich durch Schand und Laster auf;
Doch wer die Tugend liebt, geht lieber selbst darauf.
Die Götter haben selbst, im Aufruhr jener Riesen,
Sich zornig und gerecht, nicht lasterhaft erwiesen.
Wir sind bestürmt, wie sie, bedrängt und kummervoll;
Was hinderts, dass man nicht der Tugend folgen soll?

PHOCAS.

Sitzt Portia denn nicht mir Recht auf ihrem Throne?
Die Götter fehlen nie; die schenkten ihr die Krone!
Bedünkts uns ungerecht? Ach! Unser Augenschein
Kann hier von ihrem Tun kein rechter Richter sein;

Man unterwerfe sich nur dem, was sie befehlen;
Schlagt nie das Mittel aus, so sie uns selber wählen.
Zum mindsten macht uns erst ein Opfer beim Altar
Des Schicksals letzten Schluss im Eingeweide klar.

CATO.

Wer? Ich? Sollt allererst in toten Opfertieren
Des Gottes, der mich treibt, Befehl und Willen spüren?
Der mir doch damals schon, eh ich das Licht erblickt,
Den Trieb zur Billigkeit in Herz und Sinn gedrückt.
Der lenkt ohn Unterlass mein Tichten und mein Trachten,
Und treibt mich lebenslang die Tugend hoch zu achten;
Dem Laster feind zu sein, so mächtig es auch ist;
Gesetzt, dass ich dabei zu Grunde gehen müsst!
Der lehrt mich, Rom sei nur zur Freiheit auserkoren,
Und habe die Gewalt der Könige verschworen.
Ja, der beut uns auch itzt der Parther Zepter an,
Zur Prüfung, ob man ihn beherzt verschmähen kann?
Drum lasst uns standhaft sein, und solchen Beistand fliehen!
Die Tugend weiß uns schon aus der Gefahr zu ziehen.
Man rücke nur getrost auf den Tyrannen los,
Und jedes Herze sei von edler Hoffnung groß.
Darf uns nur künftig nichts von unserm Tun gereuen;
So sind wir stark genug Tyrannen zu zerstreuen.
Allein Pharnaces kömmt. Geh zu der Tochter hin,
Doch sag ihr noch kein Wort, dass ich ihr Vater bin;
Ach Artaban sei still. Ich wills ihr selber sagen,
Und sehn ob ihr Gemüt auch aus der Art geschlagen?

Der fünfte Auftritt

Cato und Pharnaces.

CATO.
Ein andrer würde itzt in tausend Ängsten sein,
So sehr stimmt das Geschick mit unsern Feinden ein.
Der junge Scipio und Juba sind geschlagen;
Nur Cäsar triumphiert auf seinem Siegeswagen.
Bei uns hergegen, Prinz, gibt es mehr Mut als Glück,
Vielleicht hält dieser noch des Schicksals Hass zurück
Getrost und standhaft sein, das stärkt und lehrt die Herzen,
Aus Hoffnung auf den Sieg, Gefahr und Not verschmerzen.

PHARNACES.
Ich war von Jugend auf den Römern zugetan,
Und nahm von ihnen, Herr, ein standhaft Wesen an.
Ihr wisst es, Cäsars Macht besiegte meine Staaten;
Doch blieb mir noch ein Rest von Freunden und Soldaten.
Die Flotte, so sie führt, liegt schon vor Utica,
Und ist, dafern Ihr wollt, zu Eurer Rettung da.

CATO.
Er zieht schon auf uns los; es wird nicht lange dauren,
So sieht ihn Utica ganz nah an seinen Mauren.
Drum eilet nur, mein Prinz, und kommet ihm zuvor:
Erzwingt mit mir den Sieg, den Rom bisher verlor.

PHARNACES.
Ich folge gern, mein Herr, die Götter sollen zeugen,
Dass Cäsar oder ich ein sterbend Haupt soll neigen;
Allein Ihr wisst auch wohl, Arsenens Mund und Hand
Versprach mir schon vorlängst ein festes Eheband,

Bevor mich nun die Wut noch wird zur Rache lenken,
So lasst die Hochzeitlust.

CATO.

Daran ist nicht zu denken!

PHARNACES.

Wie das, mein Herr?

CATO.

Ihr meint sie sei die Königin?

PHARNACES.

Was denn?

CATO.

Erkennt sie nur vor eine Römerin;
Und sagt mir: Kann man wohl nach unsern Grundgesetzen
Die Eh mit Königen vor recht und billig schätzen?

PHARNACES.

Was hör ich? Götter! O! Das ist aus List geschehn!
Ich hab Arsenen ja im Königsschmuck gesehn;
So pflegen sich gewiss die Römer nicht zu zeigen!

CATO.

Ich weiß es ganz gewiss; doch muss ichs noch verschweigen:
Allein, in Kurzem wird Arsenens wahrer Stand,
Durch meinen eignen Mund, ganz Utica bekannt.

PHARNACES.

O Cato, scheuet Euch, was Heimlichs zu entdecken,
Es möcht Euch solches einst zu späte Reu erwecken.
Ich stund auf der Partei, dabei Pompejus war,
Drauf raubte Cäsar mir mein Erbreich ganz und gar.
Ich musste meine Macht in wenig Schiffe fassen,
Und so mein ganzes Glück den Wellen überlassen,
Die Hoffnung wies mir noch Arsenens Heirat an,
Die mir ein mächtig Land zum Brautschatz bringen kann.
Ist diese nun umsonst, so war mein Dienst vergebens,

Ach, schont doch Eures Staats, der Freiheit und des Lebens!
Denn, herrscht Arsene nicht, so flieh ich Utica,
So ist sein Untergang und Roms Verderben nah.

CATO.

Zieht hin, mein Prinz, zieht hin. Wer zwingt Euch hier zu bleiben?
Wir wollen schon allein den Feind zurücketreiben.
Das unbezwungne Rom, so itzo durch mich spricht,
Erniedrigt sich vor Euch, und Euresgleichen nicht.

Der sechste Auftritt

Cato. Pharnaces. Felix.

FELIX.

Die Felder werden voll von Cäsars wilden Scharen,
Und Utica soll selbst den ersten Sturm erfahren;
So werdet Ihr samt uns dem Sieger untertan.

CATO.

So feure man denn hier auch unsre Römer an!
Ich eile selbst dem Heer ein Herze zuzusprechen;
Wir wollen Cäsars Macht auch sonder Beistand brechen.
Geht nur, Pharnaces, geht, und steht im selber bei!
Seht, Cato schickt Euch selbst zur siegenden Partei;
Und fürchtet nicht einmal das Treffen zu verlieren,
Gesetzt dort wär ein Feind und König mehr zu spüren.

Der siebende Auftritt

Pharnaces. Felix.

PHARNACES.
Wie? Straf ich denn den Hass und die Verachtung nicht,
Womit die Eitelkeit der stolzen Römer spricht?
Nein, meiner Rachgier Lauf soll nichts zurückehalten,
Die Glut, so mich entbrannt, soll nicht so leicht erkalten!
Was mach ich länger hier? Es kostet einen Streich;
So hab ich mit Gewalt Arsenens Herz und Reich.
Er soll das Opfer sein!

FELIX.
Wer?

PHARNACES.
Cato!

FELIX.
O ihr Götter!
Herr, Euer Bundsgenoss? Beschützer und Erretter?

PHARNACES.
Mein Hass hat sich bisher der Freundschaft gleichgestellt:
Ich bin den Römern gram. Hier siehst du einen Held.
Den Mithridat erzeugt. Du kennest diesen Namen:
Erkenne denn in mir den Rest von seinem Samen!
Ich habe wider ihn den Römern zwar gedient,
Weil ihrer Waffen Glück im Orient gegrünt.
Ich sah mehr als zu wohl an seinen grauen Haaren,
Dass solche Krieger ihm zu stark und mächtig waren.
Verlör er nun das Reich, so käm ich doch als Sohn,
Weil ich gut römisch schien, vielleicht noch auf den Thron.
So ging es auch: Denn Rom gab mir den Zepter wieder;
Nunmehro leg ich denn auch die Verstellung nieder.

Solange Rom geblüht, sah ich sein Wachstum an,
Als einer, der es hasst, doch ihm nicht schaden kann.
Erwäge, wie vergnügt ich nachmals zugesehen,
Als durch der Zwietracht Wut die Trennungen geschehen,
Wenn der Parteien Schwert sich wechselsweise schlug,
Ein Römer wider Rom Gewehr und Harnisch trug.
Um meine Rache nun vollkommen auszuüben,
Hab ich hernach den Bund Pompejens unterschrieben.
Ich hoffte dieser Krieg würd lang und allgemein,
Und beiden Teilen einst zugleich verderblich sein.
So dacht ich mit der Zeit die Herrscher zu verbannen,
Und selbst die Häupter Roms noch in mein Joch zu spannen.
Doch Felix, der Erfolg zeigt itzt das Gegenteil.
Ich bin den Römern itzt selbst wie ein Opfer feil.
Selbst Cato tat es kund. Jedoch, ich muss nur schweigen,
Um dies Geheimnis noch nicht jedem anzuzeigen.
Geh, Timon und Arbat soll augenblicklich gehn,
Und Cäsarn Catons Kopf mit nächsten zugestehn:
Doch so, dass er davor mir Pontus wiedergebe,
Und auf Arsenens Thron mich ungesäumt erhebe.
Mein Ruhm erfodert das! Was wagt man um ein Reich:
Ein glücklich Bubenstück sieht oft der Tugend gleich.

FELIX.

Dergleichen Mord, mein Herr, wird Cäsar nicht verlangen.
Er will nur, wie man spürt, mit eignen Taten prangen,
Es wäre selbst der Sieg bei ihm nicht angenehm;
Im Fall der Lorbeerzweig von fremden Armen käm.
Wohl hundertmal hat man sein bloßes Schwert erblicket,
Das auf Pompejens Hals sein eigner Arm gezücket:
Allein die Strafe fiel auf Ptolomäus Haupt,
Dieweil er Cäsars Faust die Freveltat geraubt.

PHARNACES.

Es war ein andrer Grund warum er umgekommen.
Denn seine Tyrannei hatt' überhandgenommen;
Er hatte Cäsarn schon ein Gleiches zugedacht,
Drum zog er dazumal die ganze Kriegesmacht
Bis an den fernen Nil und strafte den am Leben,
Sein eignes nicht so bald gewaltsam aufzugeben.
Dergleichen Ungelück betrifft mich nicht so leicht!
Ich folg, in Cäsars Dienst, den Göttern, wie man deucht.
Ich weiche, so wie sie, dem Glücke, so ihn schützet.
Auf Lastern liegt sein Grund, durch Laster wirds gestützet.
Der Ehrsucht opfert er, ganz Rom und alles auf:
Vor Catons Mord erfolgt für mich noch mehr darauf!
Wohlan, nun will ich auch die Unschuld nicht
mehr hören;
Ich muss, wie Cäsar tat, die Macht durch Bosheit mehren.
Ein Frevel hilft mir leicht, und schafft mir Thron und Ruh,
An ein paar Lastern liegts; so fällt mir alles zu.

(Ende der ersten Handlung.)

Die andere Handlung

Erster Auftritt

Domitius. Phocas.

DOMITIUS.
So kömmt denn Cato her, mein Phocas?
PHOCAS.
Wie gesagt;
Er selbst versprach es mir, als ich darnach gefragt.
Allein ich wundre mich, und kanns Euch nicht verschweigen,
Schickt Cäsar denn Euch her was Gutes anzuzeigen?
Will er den schweren Krieg, der längst die Welt gedrückt,
Vielleicht geendigt sehn? Wohin das Auge blickt,
Da sieht man auch die Spur der rasenden Soldaten,
In so viel rauchenden und ganz verheerten Staaten.
DOMITIUS.
Ich tu es alsobald dem Cato selber kund.
Ihr wisst, wer Fürsten dient, hält gerne reinen Mund.
Doch geht indessen nur zur Königin, und saget:
Dass Pallas sich mit mir an diesen Ort gewaget,
Weil er was Heimliches ihr hinterbringen soll.
PHOCAS.
Ich gehe.
(Phocas geht ab.)
DOMITIUS.
Cäsar ist zwar ruhm- und ehrenvoll:
Doch liebt sein tapfres Herz im Kriegen und im Streiten,
Der Parther Königin, Arsenens Lieblichkeiten.
Doch Cato kömmt bereits. Sein Anblick bringt in mir
Viel Ehrerbietigkeit vor so ein Haupt herfür.

Der andere Auftritt

Cato. Domitius.

CATO.
Wohlan! Domitius, was habt Ihr mir zu sagen?
DOMITIUS.
Ich hab Euch auf Befehl des Cäsars vorzutragen –
CATO.
Wie? Cäsar gibt Befehl, und Ihr gehorcht ihm gern?
DOMITIUS.
Ja freilich.
CATO.
Armer Sklav! Leibeigner deines Herrn!
Das heißt der Eltern Grab durch deinen Schimpf entehren;
Die wollten in der Welt von keinen Herren hören!
Ists möglich, dass in dir des großen Brutus Blut,
Von dem du stammen willst, nicht bessre Regung tut?
Half nicht sein tapfrer Mut, aus Abscheu vor Tyrannen,
Die königliche Macht aus Latien verbannen?
Und du, sein echter Sohn! führst solche wieder ein;
Ja willst ein Römer bloß zu Roms Verderben sein?
DOMITIUS.
Welch Laster ist es denn? Er ist ja Bürgermeister!
CATO.
Ja, sprich vielmehr, Tyrann und Haupt der Plagegeister:
Hat ihm wohl Rat und Volk, wie man vordem geschaut,
Das Bürgermeisteramt gutwillig anvertraut?
Verwegenheit und List sind deines Herren Rechte,
Verheert und plagt er nicht das menschliche Geschlechte?
Es ist ja seine Lust, wenn er nur Tränen sieht,
Und das sonst freie Rom zum Sklavenjoche zieht.

Ja, wo die Götter uns nicht augenscheinlich retten;
So legt der Wütrich noch die ganze Welt in Ketten.

DOMITIUS.

Ach gebt dem Neide doch nicht alsofort Gehör!
Sein unverschämtes Maul verlästert ihn zu sehr;
Er sucht nur überall die Gleichheit einzuführen.
Meint Ihr, ich wollte selbst die Freiheit gern verlieren?
So wahr ich römisch bin! Bei aller Götter Macht,
Beteur ichs hier vor Euch; daran ist nie gedacht!
Wenn das die Absicht wär; ich wollt ihn selber fällen,
Ich selber würde gleich zum wütenden Rebellen.
Da würde diese Faust der Freiheit Schutz genannt,
Und Cäsars Freundschaft ganz aus meiner Brust verbannt.
Doch itzt gehorch ich ihm, und tu es ohne Sünde:
Weil ich den Gegenpart weit ungerechter finde.
Denn steht ihm Cato bei; das macht: Ein großes Herz
Erleichtert immer gern der Unterdrückten Schmerz.

CATO.

Ihr schmeichelt mir umsonst; wer Cäsarn billig nennet,
Der hat mich selber schon vor ungerecht erkennet.
Glaubt mir, Domitius, Ihr kennt noch Cäsarn nicht;
Die Larve deckt noch stets sein falsches Angesicht.
Besiegt er mich dereinst, dann werdet Ihr ihn kennen,
Und Euch, wiewohl zu spät, von ihm betrogen nennen.
Wir haben oftmals schon das Laster erst erblickt,
Wenn es durch unsre Schuld uns gänzlich unterdrückt.
Den strafet ein Tyrann zuallererst am Leben,
Der ihm behülflich war, ihn auf den Thron zu heben.
Erzittre! – Doch genug; nun mache mir bekannt,
Warum man dich hieher nach Utica gesandt?

DOMITIUS.

Herr, Cäsar wollte gern, der Römer Wohlfahrt wegen,
Mit Euch allein allhier, was Großes überlegen.

CATO.

Er komme, wenn er will; ich bin darzu bereit:
Allein, was fordert er zu seiner Sicherheit?

DOMITIUS.

Auf Eure Tugend, Herr, ist sicher gnug zu bauen:
Wiewohl Pharnaz ist hier; dem ist nicht wohl zu trauen.

CATO.

In Utica ist er mir gleichfalls untertan.
Dies Schloss, darin wir sind, stößt an die Mauren an,
Und schützt die ganze Stadt. Wir Römer halten Wache,
Daher bedarf es nicht, dass man sich Sorgen mache.
Pharnaz ist ohnedem am Ufer bei der See,
Und forscht wie es allda um seine Flotte steh.
Sein Volk darf näher nicht nach unsern Toren dringen,
Man gibt auf alles acht; auf ihn vor allen Dingen.
In diesem Schlosse nun kann es gar leicht geschehn,
Dass Cäsar mit mir spricht, eh ihn ein Mensch gesehn.
Entfernen nämlich sich die nahen Legionen;
So will ich auch das Tor mit der Besatzung schonen:
So ist vor ihn und mich vollkommne Sicherheit.
Doch in des Herzens Grund dringt Cato jederzeit!
Mein Blick reißt jedermann die Larve von den Augen,
Die reine Wahrheit nur; sonst kann vor mir nichts taugen.
Das tut dem Cäsar kund! Des Redens Überfluss
Verblendet mich nicht so, wie den Domitius.
(Er geht ab.)

Der dritte Auftritt

Arsene. Phenice. Domitius.

ARSENE.
Domitius, man sagt, Eur Cäsar liebt Arsenen?
Man tu ihm wieder kund, sie werd ihn nur verhöhnen.
Es ist mir unbekannt, wo es zuerst geschehn,
Dass er mein Angesicht, so schlecht es ist, gesehn?
Mein Reich ist mit Gewalt und Waffen nicht zu zwingen,
Drum will er es mit List zu seiner Herrschaft bringen;
Und hüllt die Kronensucht, vermutlich nur zum Schein
In Amors Würkungen, in Lieb und Neigung ein.
Mein Zepter steht ihm an!

DOMITIUS.
Er pflegt sie auszuteilen,
Er setzt ja Fürsten ab, und krönt sie auch zuweilen.
Prinzessin, ist ein Held, der alle Welt besiegt,
Nicht würdig, dass er Euch gebückt zu Füßen liegt?
Ihr seht ja, dass sogar die Götter ihm hiernieden
Ihr halbes Regiment, die halbe Macht beschieden.
Der Himmel bleibt ihr Sitz, da herrschen sie allein,
Der Erdkreis soll hinfort nur Cäsarn dienstbar sein.

ARSENE.
Geht, geht, Domitius. Doch welch ein Ungelücke!
Pharnaz erscheinet hier. Verdrießliches Geschicke!

Der vierte Auftritt

Arsene. Phenice. Pharnaces.

PHARNACES.
Vernehmt mich, Königin, und flieht mich nicht so sehr!
ARSENE.
Verfolgt Ihr mich auch hier? Und quält Ihr mich noch mehr?
Erweckt des Bruders Tod und ein gerechtes Sehnen,
Das meine Brust erfüllt, mir nicht schon tausend Tränen?
PHARNACES *(vor sich)*.
Du kennst dich selbst noch nicht, und weißt nicht wer du bist,
Ich spüre, dass das Glück mir doch noch günstig ist.
(Zu ihr.)
Ihr seht mich Königin, von Zorn und Grimm entflammet,
Ihr seid in Utica von jedermann verdammet.
Die Römer, Cato selbst, verschwert sich wider Euch,
Und raubet Euch bereits des Vaters Thron und Reich.
Ich überlasse sie hinfüro Cäsars Ketten;
Was soll ich länger noch die Undankbaren retten?
Kommt, Schönste, flieht mit mir die Ungerechtigkeit!
Mein Heer erwartet uns, die Flotte steht bereit,
Uns bald und ungesäumt an jenen Strand zu führen,
Wo Euer Wort und Wink ganz unumschränkt regieren.
ARSENE.
Ihr klagt den Cato an? Kann das wohl glaublich sein?
Beschließt er was von mir? Gut, ich geh alles ein.
Das Laster zittert nur, wenn uns die Tugend schützet.
Ich weiß auch schon, wer sich durch Trug und List beschmitzet.
Ein Maul, das Bosheit liebt, an Tücken fruchtbar ist,

Und sonder Büberei fast nie die Lippen schließt,
Will mich ohn alle Pracht aus Utica entführen,
Und nachmals ohne mich der Parther Reich regieren.
Pharnaz was stört Euch so? Was gilts, dass mein Verdacht
Den Kläger furchtsamer, als den Beklagten macht.

PHARNACES.

Getrost! Was zwing ich mich? Was darf ein Weib
mich quälen?
Es kostet nur ein Wort, ich darf ja nur befehlen.

ARSENE.

Du gründest dich vielleicht auf das versprochne Band?
Ach! Ich verfluchte stets dergleichen Ehestand;
Und wusste doch noch nicht, dass durch dein
kühnes Morden,
Mein eigner Bruder war ins Grab gestürzet worden.
Vergebens ward von dir die Freveltat versteckt,
Die Zeit, so alles lehrt, hat sie auch mir entdeckt.
Ich weiß, was du getan, und muss dich ewig hassen.
Es mag das Schicksal mich nur ganz und gar verlassen.
Ihr Götter! gießet nur auf meines Vaters Haus
Und auf mein eigen Haupt den vollen Eifer aus.
Das alles wird und soll mich nicht so sehr betrüben,
Darf ich nur nicht an dir den Brudermörder lieben.
Nein, du wirst nimmermehr mein Mann und Bräutigam.
Mein Herz ist voller Hass, und bleibt dir ewig gram,
Und würde doppelt froh vor Glück und Wohlfahrt blühen,
Könnt ich aus eigner Macht nur dich zur Strafe ziehen.

PHARNACES.

Prinzessin, bändigt doch den allzu kühnen Mund,
Sonst wird Euch endlich noch Pharnacens Rache kund.

Der fünfte Auftritt

Portius. Arsene. Pharnaces. Phenice.

PORTIUS.
Mit was für Heftigkeit hör ich Pharnacen sprechen?

ARSENE.
Kommt, edler Portius, Ihr müsst den Frevel rächen.
Pharnaces ist zu frech. Er ist noch nicht vergnügt,
Dass meines Bruders Leib vorlängst im Staube liegt,
Dahin er ihn gestürzt: Er will auch mich hier zwingen,
Der Parther Erbreich ihm zum Brautschatz mitzubringen.
Er klagt recht freventlich den großen Cato an;
Von dem ich nimmermehr was Böses glauben kann.
Der, spricht er, wolle mich des Thrones unwert schätzen;
Jedoch, das tut er nur, sich selbst darauf zu setzen.
Ich weiß dass Cato mir den Beistand zugesagt,
Als ich vor kurzem ihm mein Ungelück geklagt.
Drum kommt und rettet mich und Eures Vaters Ehre;
Und gebt, mein Portius, der Hinterlist die Lehre,
Dass Rom die Bosheit nicht in Schutz zu nehmen pflegt,
Und keine Königin in Mörderarme legt.

PORTIUS.
Pharnaz, was hör ich da? Mein Vater! Ein Betrüger?
Das sagt auch Cäsar nicht, der ungerechte Sieger.
Die Bosheit lehrt Euch das, weil Euch bei aller List:
Arsenens Herz und Reich von ihm versaget ist.
Prinzessin, bauet nur auf meines Vaters Worte.
Ihr lebt in Utica, dem wohlbewahrten Orte,
Wo sonder Catons Wink Euch niemand schrecken kann.
Pharnaces selbst ist ihm vollkommen untertan.

PHARNACES.
Wer? Ich? Ihm untertan?

PORTIUS.

In Pontus seid Ihr König,
Doch nicht in Afrika. Hier gilt ein Prinz sehr wenig!
Prinzessin, sorgt nur nicht vor Eure Sicherheit.
Wenn alles Euch verlässt ist Portius bereit,
Und folgt des Vaters Spur, die Unschuld zu beschützen.
Befehlt, so soll mein Stahl vor Eure Wohlfahrt blitzen.
(Arsene geht ab.)

Der sechste Auftritt

Pharnaces und Portius.

PHARNACES.

Und du verwegener Mensch, erhebst dich wider mich,
Und meinst der Parther Reich sei noch vielleicht vor dich?
Arsene könnte noch vielleicht dich selbst erhöhen?
Umsonst! Ein Kind kann nicht in Amors Schule gehen.
Geh lern erst tapfer sein; geh unter Stahl und Glut!
Und härte dir zuvor den zart gewähnten Mut:
Denn komm und lass dir auch nach Lieb und Kronen dürsten.

PORTIUS.

Pharnaz, ein Römer tauscht nicht mit den größten Fürsten!
Arsene zwar ist schön, und aller Liebe wert,
Ich hätt ihr, glaub es nur, mein Herze schon erklärt;
Entsprösse sie nur nicht aus königlichem Samen.
Allein itzt schreckt mich auch der bloße Königsnamen.
Ja, ja, Pharnaz, Ihr irrt. Ich suche keinen Thron,
Ihr wisst ja wer ich bin. Erkennt hier Catons Sohn,

Der mit der Muttermilch den Königshass gesogen.
Ach wär Arsene nur auch römisch auferzogen!

PHARNACES.

Sie ist es freilich wohl! Denn was verhehl ichs viel?
Seht, Euer Vater treibt mit Euch und mir sein Spiel,
Er hat sie mir versagt, bloß weil sie römisch wäre;
Ist solches nun nicht wahr, wo bleibt denn Catons Ehre?

PORTIUS.

Was hör ich? Cato sprichts, sie sei nicht Königin?

PHARNACES.

So ist es, Cato hieß sie eine Römerin.

PORTIUS.

Wenn das mein Vater spricht, so darf ichs sicher glauben;
Denn Cato lüget nicht! Er setzt kein Wort auf Schrauben.
Wohlan! Ich ruhe nicht, bis ich es ausgefragt,
Ob mir Pharnaces dies mit Wahrheit vorgesagt.
(Er geht ab.)

PHARNACES.

Das hab ich wohl gedacht! Er ehrt und liebt Arsenen;
Nun wird die Trotzige mich desto mehr verhöhnen.
Erfährt sie nämlich auch, dass sie nicht parthisch sei;
So ist mein Hoffen aus. Genug! Es bleibt dabei:
Auch Portius soll bald sein junges Leben schließen.

Der siebende Auftritt

Felix und Pharnaces.

PHARNACES.
Ach komm, mein Felix, komm! Die Zeit muss nicht verfließen,

FELIX.
Hier bin ich schon, mein Herr, nun kehrt sich alles um.

PHARNACES.
Wieso? Rückt Cäsar an? Ich gäbe was darum!

FELIX.
Ach nein, die Zwietracht scheint aus Afrika zu fliehen,
Man sieht die Römer schon den Helm vom Antlitz ziehen.
Sie weinen insgesamt um ihrer Freunde Tod,
Und sind den Waffen gram, damit sie sonst gedroht.
Man läuft einander da vergnügt und froh entgegen,
Wo sonst die Streitenden erhitzt zu fechten pflegen.
Der Vater zückt nicht mehr das Schwert auf seinen Sohn;
Auch in den Kindern regt das warme Blut sich schon;
Die Arme sind nunmehr der schweren Waffen müde;
Und kurz: Es zeiget sich ein allgemeiner Friede!

PHARNACES.
Wie? Billigt Cäsar denn was Timon und Arbat
In meinem Namen ihm vor einen Vorschlag tat?
Gefällt es ihm sein Reich auf Catons Kopf zu bauen?
Sind beide wieder hier? Ich hab ein gut Vertrauen!

FELIX.
Nein, Herr, noch sieht man nichts. Und ich begreife nicht,
Was ihrer Wiederkunft im Lager widerspricht.

PHARNACES.
Allein die Zeit vergeht. Wir müssen nichts versäumen,
Den Schutt von Utica auf ewig aufzuräumen.

Durch Morden, Glut und Stahl verkehrt sich das Geschick,
So meinem Haupte droht, in ein erwünschtes Glück.

FELIX.

Allein, wir sind hier stets den Römern im Gesichte?

PHARNACES.

Behutsamkeit und List macht allen Witz zunichte.
Die Arglist sieht so schön als wahre Klugheit aus,
Und ein verschwiegner Feind führt alles wohl hinaus.
Du wirst es selber sehn, mein Felix, was ich sage;
Ich kenne dieses Schloss an Festigkeit und Lage.
Mein Vater tat mir einst viel Unrecht und Gewalt,
Drum floh ich, und fand hier den sichern Aufenthalt.
Die Felsen so die Burg auf einer Seite schützen,
Daran die Wellen stets mit Wut und Schäumen spritzen,
Sind durch die Fluten hohl und ganz bequem gemacht,
So dass ich damals schon ein Schiff ans Schloss gebracht.
Du weißt, als diese Nacht ein großer Sturm entstanden,
Dass wir uns nicht sehr weit von Utica befanden.
Gefahr und Not war groß, die Flotte ward zerstreut,
Doch manches Schiff fand hier gewünschte Sicherheit.
Das weiß hier noch kein Mensch, und niemand kanns ergründen:
So will ich nun den Weg in diese Mauren finden.
Ich schleiche mich sehr leicht mit einer Schar hinein;
Die soll das Werkzeug dann in meiner Rache sein.
Die Wachen reib ich auf, und Cato wird erschlagen,
Die Königin lass ich nach meinem Schiffe tragen;
Hernach steck ich zuletzt mit meiner eignen Hand
Dies Schloss und Utica und Turn und Wall in Brand.

FELIX.

Fürwahr der Vorsatz ist so heimlich als verwegen!

Der Himmel, wie mich dünkt, verspricht ihm selbst den Segen.
Es scheint das Schicksal ist auf Euren Wink bereit,
Dieweil kein Hindernis den Eingang hier verbeut.
Die Wache wird durchs Schloss bis in die Stadt geführet;
Man weiß nicht wie es kömmt: Und Cäsar triumphieret!

PHARNACES.
Gut, Felix, kehre nur bis an die See zurück;
Da wähl ein mutig Heer und komm den Augenblick,
Wenn du die Flamme siehst aus Dach und Türmen dringen,
Mit unverhoffter Macht mir tapfer beizuspringen:
Darauf wird Catons Kopf dem Cäsar überbracht;
Und dir vor andern ist die Ehre zugedacht.

FELIX.
Schlagt ihn nur ab, mein Herr! Ich tu was Ihr geboten,
Und würd ich selbst dabei ein Mitgenoss der Toten.
Ich fürchte mich für nichts als Eurem Zorn und Hass.

PHARNACES.
So machts, wer treulich dient. Indes verschweige das!
Wer große Dinge wagt, muss heimlich sein und eilen,
Du sollst auch Glück und Ruhm mit deinem Herren teilen.
(Ende der andern Handlung.)

Die dritte Handlung

Erster Auftritt

Cäsar. Domitius. Cäsars Gefolge.

CÄSAR.
So lässt, Domitius, der Waffen Stillstand zu,
Dass ich und Cato hier sogar vertraulich tu?
In Wahrheit, bloß sein Wohl, hat mich dazu bewogen,
Sonst hätte mich wohl nichts an diesen Ort gezogen.
Doch sage, geht es an, Arsenen erst zu sehn?

DOMITIUS.
Mein Herr, was Ihr gewünscht, wird alsobald geschehn.
Doch ob Ihr sie gleich sprecht, so wirds Euch doch nicht glücken,
Sie wird Euch, glaubt mir nur, verächtlich von sich schicken.

CÄSAR.
Mein Herz ist ohne falsch und von Verstellung frei.
Die Ehre flieht nicht stets vor Amors Sklaverei,
Drum kann zuweilen auch ein Heldengeist ihm dienen.
Doch, hasst Arsene mich, wie es bisher geschienen:
So siegt die Ehre doch! Denn Cäsar ist ein Mann,
Der auch sein eigen Herz zur Not bezwingen kann.
Nein, Amor soll mich nicht sogar in Fessel treiben,
Und Cäsar wird auch wohl im Lieben Cäsar bleiben.
Allein Domitius, hast du der Königin
Auch deutlich vorgesagt, wie groß und wer ich bin?
Und weiß Arsene schon, dass sich vor meinem Degen,
Das unbesiegte Rom schon muss zu Boden legen?
Ja dass fast kein Soldat bei meinen Adlern ficht,
Der nicht von Königen als seinen Sklaven spricht?

DOMITIUS.

Herr, Eurer Taten Glanz und Eures Herzens Triebe,
Das alles lenkt sie noch zu keiner Gegenliebe.
Wiewohl da Euch bisher das Glück im Streit geblüht,
Ersetzet Mars vielleicht, was Amor Euch entzieht.
Pompejens Überrest an Führern und Soldaten,
Wird heute zweifelsfrei in Euer Joch geraten.

CÄSAR.

Ist dieser Sieg gewiss, so wird mein Arm schon matt:
Denn wo die Welt für mich mehr Furcht als Liebe hat,
So bin ich missvergnügt. Es ist zwar schön, zu siegen;
Weit schöner aber ists, im Siege sich vergnügen,
Und seiner Rachbegier vernünftig Einhalt tun!
Der Römer Ehre muss im Wüten nicht beruhn:
Nein! Rom beherrscht vielmehr der Überwundnen Herzen,
Und lässt sich selber wohl die fremden Wunden schmerzen.
Auch Cäsar hatte nie am Blutvergießen Lust:
Es klopft ein zartes Herz in seiner Vaterbrust.
Ihr Götter kennt mich schon! Erfüllt denn mein Verlangen,
Lasst mich den Cato hier, und Rom in ihm umfangen!
Das ist das einzige, darnach ich lüstern bin.

DOMITIUS.

Mein Herr, wie mich bedünkt, so kommt die Königin.

CÄSAR.

Geh, warte dort auf mich, bis ich dich rufen werde.
(Domitius geht ab.)
O welch ein edler Gang! Der Zepter dieser Erde
Wird keinem schöner stehn, als ihrer zarten Hand.

Der andere Auftritt

Cäsar und Arsene.

ARSENE *(vor sich).*
Ihr Götter! Welch ein Schall! Der Ton ist mir bekannt,
Das muss der Römer sein! Ich weiß nicht ob ich wache?

CÄSAR.
Was für Verwirrungen von Abscheu, Hass und Rache
Erfüllen Eure Brust? Bemeistert doch den Schmerz!
Hier opfert sich in mir ein ewig treues Herz.

ARSENE.
Mein Herr, ich hab Euch sonst an unserm Hof gesehen,
Als Cäsars Antrag einst durch Euren Mund geschehen:
Ich dacht auch in der Tat, er wäre selber hier?

CÄSAR.
Ihr seht ihn, in Person, o Königin in mir.

ARSENE.
Was? Wollt Ihrs selber sein?
(Beiseite.)
Ach ja, ich muss es glauben,
Was Schlechters konnte mir wohl nie die Freiheit rauben.
Es musste Cäsar sein, wer mir gefallen sollt.

CÄSAR.
Ja schönste Königin, wenn Ihr mich hören wollt;
So hat Seleucia, sobald ich Euch erblicket,
Durch Eurer Schönheit Pracht zuerst mein Herz bestricket.
Der Sieg war dazumal mein vorgestecktes Ziel,
Wiewohl mein Wachstum schon den Römern
nicht gefiel.
Die Neider meines Ruhms verfolgten meine Waffen,
Und ich bestrebte mich mir selber Recht zu schaffen.
Fast alles was ich tat, hieß Rom ein Bubenstück;

Die Bürger wünschten nichts als Cäsars Ungelück:
Indes war ich bemüht ein neues Reich zu gründen,
Und überall die Glut des Krieges anzuzünden.
Die Parther waren mir beständig ungeneigt;
Arsazes hat sich stets als meinen Feind bezeigt:
Drum gab ich auch am Phrat mich gar nicht zu erkennen,
Und ließ den ganzen Zorn auf Rom allein entbrennen.
Das Schrecken und die Furcht ging über Land und Meer,
Wie sonst ein Donnerschlag, vor meinen Waffen her.
Ich siegte; doch der Kranz, der meine Scheitel zierte,
War ein verworfner Schmuck, der meine Brust nicht rührte.
Die Ehre dämpfte zwar den innerlichen Schmerz;
Allein wie quälte mich mein unruhvolles Herz!
Der schöne Gegenstand von meinen zarten Trieben,
Bewog mich auch entfernt ihn unverrückt zu lieben.
Voritzo fühl ich noch ein zwiefach härter Weh,
Indem ich, Königin, vor Eurer Schönheit steh.
Es scheint, Ihr hasset mich! O zorniges Geschicke!
Gibst du vor Lieb und Brunst mir lauter Hass zurücke?

ARSENE.

Wie wenig kennt Ihr doch den Grund von meiner Pein!
Je mehr ich nach Euch seh, je stärker muss sie sein:
Und darf ich meinen Sinn ganz kurz und deutlich fassen;
So nehmt die Antwort an: Ich kann Euch gar nicht hassen!

CÄSAR.

Ihr hasst den Sieger nicht, der Euch verehrt und liebt?
Welch unverhofftes Wort! Nun bin ich nicht betrübt.
Die Welt soll bald ihr Glück aus meiner Hand bekommen;
Doch meines hat von Euch den Ursprung hergenommen
Ach sagts doch noch einmal, dafern ichs würdig bin;.
Könnt Ihr empfindlich sein? Sprecht, schönste Königin!

ARSENE.

Wie? Hab ichs schon entdeckt, was ich verhehlen sollte?
Wisst Ihr die Neigung schon, die ich verbergen wollte?
Ach! Nun ists viel zu spät, dass sich mein Herz verstellt:
Ja Herr, ich lieb Euch mehr, als alles in der Welt.
Das Feuer so mein Herz in Utica empfindet,
Hat sich vor langer Zeit bereits am Phrat entzündet;
Da war die zarte Brust schon an Empfindung reich:
Sobald ich Euch erblickt, ergab ich mich an Euch.
Zwar sprach man mir bisher umsonst von Cäsars Liebe,
Denn ich verfluchte gleich die Flammen seiner Triebe:
Allein ich wusste nicht dass Cäsar mir gefiel;
Ein unbekannter Gast war meiner Seufzer Ziel.
So war mein ganzer Hass aus Zärtlichkeit entsprungen,
Mein Herz hat Euch zu gut auch wider Euch gerungen:
Und kurz, mein Irrtum selbst verführte mich so gar,
Zu hassen, was mir doch am allerliebsten war.

CÄSAR.

Welch ein erwünschtes Glück! Wenn mich Arsene liebet,
So gibt mir Amor mehr als Mars mir selber giebet.
Ich habe Rom besiegt, und Ihr besieget mich;
Warum verknüpft uns denn nicht Hymen ewiglich?
Der Hochzeitfackeln Glut soll unaufhörlich brennen,
Und lauter Lieb und Ruhm anstatt der Nahrung kennen.
Mein Sieg hat in der Welt mir schon viel Neid erregt,
Erlaubt, dass so mein Glück die Götter selbst bewegt.
Kommt, Schönste, kommt nach Rom! Die ärgsten Königsfeinde,
Erklären Euch nunmehr als treugesinnte Freunde,
Vor ihre Königin. Die jüngstbefochtne Schlacht
Hat ihrem Übermut den Untergang gebracht.

ARSENE.

Es wird noch Trotz genug in Utica gespüret,

Daher auch itzo noch mein ganzer Kummer rühret;
Pharnaz …

CÄSAR.

Durch Glimpf und Huld bezwing ich ihn gar bald!

ARSENE.

Ach! Cäsar, übt doch stets die freundliche Gewalt.
O ließe Cato sich nur auch so leicht bewegen!
Wiewohl sein harter Sinn ist gar durch nichts zu regen.
Mein Herz, wie mich bedünkt, zerteilet sich vor Euch,
Es rührt mich Cäsars Ruhm, und Catons Heil zugleich.
Ein unbekannter Zug bewog mich Euch zu lieben;
Indessen weiß ich nicht, was mich zu ihm getrieben.
Nächst Euch ist Cato denn mein Liebstes in der Welt.
Ach! Endigt nur den Krieg der Euch beschäftigt hält,
Und opfert Euren Hass der Wohlfarth dieser Erden:
Er kömmt; lebt wohl mein Herr! Doch lasst es Friede werden
Und zeiget künftig uns, dem Glücke selbst im Schoß,
Ein Cäsar bleibe stets in Krieg und Frieden groß!
(Sie geht ab.)

CÄSAR.

Verlasst Euch nur auf mich; so könnt Ihr alles hoffen.

Der dritte Auftritt

Cato und Cäsar.

CÄSAR.

Nun, Cato, endlich hat der Wunsch mir eingetroffen,
Dass ich einmal mit Euch vertraulich sprechen kann.
Ich biete Welschland itzt in Euch den Frieden an.
Kommt, schließt ihn selbst mit mir, und macht der Not ein Ende!

Das hartbedrängte Rom sieht bloß auf unsre Hände;
Versammlet Euren Rat, und schafft noch diesen Tag,
Dass jedermann die Frucht der Eintracht ernten mag.
Die ganze Bürgerschaft verbanne Hass und Rache;
Indem ich Euch, nebst mir, zum Bürgermeister mache.

CATO.

Wie frech und unverschämt trägst du mir solches an,
Da mir nur Volk und Rat die Würde geben kann?
Denkst du die Tugend denn mit Lastern zu ermüden?
Wir suchen bloß nach Recht und Billigkeit den Frieden!
Regiert ein einzig Haupt das große Rom allein;
So wollen wir mit Lust daraus verbannet sein.
Ja, Cäsar, weg von hier mit Königen und Ketten!
Der Römer Überrest will noch die Freiheit retten;
Und lässt sich das nicht tun, so sind wir doch nicht dein.
Der Afrikaner Sand soll unsre Freistadt sein;
Hier hab ich selber schon ein Grab für mich erlesen.
Drum Cäsar, lass uns Rom, wie es vorhin gewesen!
Komm ohne Kriegesvolk, komm ohne Waffen hin,
Komm so, wie ich mich da zu zeigen willens bin:
Alsdann so wird man sehn, wer endlich von uns beiden
Noch den Triumph erlangt, und welcher Rom muss meiden.

CÄSAR.

Was hab ich denn getan? Der Deutschen tapfres Blut,
Verehrt durch meinen Dienst der Römer Heldenmut.
Die Meere waren mir kein Hindernis im Siegen,
Ich bin den Ozean der Briten überstiegen;
Und doch versaget mir der ungerechte Rat,
Weil mich Pompejus hasst, ein schlechtes Konsulat?
Man will mein tapfres Schwert im Frieden kraftlos machen,
Man gibt mir Aufruhr Schuld, und was mein Schweiß, mein Wachen,
Mein eignes Blut verdient, das Bürgermeisteramt,

Fällt meinen Feinden zu? Das, das hat mich entflammt!
Halb rasend fing ich an der Römer Feind zu werden,
Vergebens waffnet sich der ganze Kreis der Erden;
Ich schlug ihn doch, und nahm den Rest zu Gnaden an,
Nachdem ich ihn besiegt: Was hab ich nun getan?

CATO.

Aus Rachgier, Cäsar, ward das Schwert von dir gezücket,
Da nun Pompejens Fall den Zorn bereits ersticket.
Warum behältst du noch die oberste Gewalt?
Daraus erhellt ja klar, dass man dich billig schalt.
Tyrannen schmücken stets ihr Tun mit Lust und Ränken,
Die Worte sind oft gut; die Tat lehrt, was sie denken.
Man gab dir mit Bedacht kein römisch Konsulat;
Du warest viel zu groß und mächtig vor den Staat.
Und wozu war dir wohl das Vaterland verbunden?
Du hattest als ein Held viel Länder überwunden;
Rom hatte triumphiert: Doch das war deine Pflicht.
Ein Bürger dient dem Staat, der Staat dem Bürger nicht.
Die Schuld ist offenbar; der Vorwand ist vergebens.
Den Grachus, wie du weißt, beraubte man des Lebens,
Du hast noch mehr verwirkt!

CÄSAR.

Wo will der Eifer hin?
Vergesst Ihr denn, dass ich ein Überwinder bin,
Und dass die Römer mich um Gnade bitten müssen?

CATO.

Wer voller Unschuld ist, will nichts von Gnade wissen.
Denk, Cäsar, denk einmal an deine Grausamkeit.
Und wünsche dir vielmehr, dass die Vergessenheit
Den unerhörten Stolz, der dich betört, begrabe.
Auch Sylla, den ich oft darum gepriesen habe,
Entsagte von sich selbst der Herrschaft und Gewalt,
Und fand auch in der Tat der Römer Gnade bald.

Dem Beispiel folge nach. So wird dir dein Verbrechen
Vielleicht auch noch geschenkt. Ich selbst will für dich
sprechen!
Wie nun? Du schweigest hier? O Rom! O Vaterland!
Hast du dem Barbar nicht viel Gutes zugewandt?
Und er bestimmt dir stets ein größer Ungelücke.
Die Götter zeigen uns viel zornerfüllte Blicke;
Rom streitet mit sich selbst: Die Mutter hasst den Sohn
Der Legionen Zahl spricht ihren Brüdern Hohn,
Man sieht der Römer Blut auf Römer Hände spritzen,
Die Helden, welche sonst Gesetz und Rechte schützen,
Ersticken die Natur, und schänden ihr Gebot:
Die Väter streben nur nach ihrer Kinder Tod,
Die Kinder suchen nichts als ihrer Väter Leichen,
Die Mütter sind bemüht dem Jammer zu entweichen,
Und stürzen sich zuvor in beider bloßes Schwert.
Die Herrschaft, Cäsar, ists, was deine Brust begehrt!

CÄSAR.

Und Ihr verlanget nichts als Unglück und Verderben!
Ihr wollt entfernt von Rom in Gram und Kummer sterben,
Nur stets geschlagen sein, und dass ich eifersvoll
Die Hände stets im Blut der Römer baden soll.
Den Frieden schlagt Ihr aus, und hasset doch das Kriegen?
An wem wird wohl die Schuld des ganzen Unglücks liegen?
Ist Euch der Römer Blut so wert und hochgeschätzt;
Warum habt Ihr Euch stets den Göttern widersetzt?
Es hat sich ihre Gunst vorlängst für mich erkläret;
Sie haben mir bisher noch stets den Sieg gewähret.
Ich mach Euch in der Tat vom Untergange frei;
Und doch bedünkt es Euch, dass ich sehr strafbar sei.
Ihr wollt dem Siege stets Gesetz und Regeln geben:
Ach, lasst mich doch nur selbst nach Ruhm und Ehre
streben!

Als Sylla Sieger war, und als auf einen Tag,
Der Römer ganze Zahl zu seinen Füßen lag,
Da konnt er ohne Schimpf den Zepter von sich legen:
Allein ich muss allhier auch meinen Ruhm erwägen.
Das hieße: Cäsars Mut war endlich doch zu klein.
Und kurz: Wo Cäsar herrscht, wird alles glücklich sein.
Denn wahrlich, überall wohin mein Schwert gekommen,
Hat auch der Tränen Zahl ganz merklich abgenommen.
Auch Rom sieht täglich schon ein prächtig Schauspiel an,
Und meine Hand tut mehr als jemand wünschen kann.
Ich will ja nichts als Rom und Welschland glücklich machen!

CATO.

Verführen willst du sie! Das zeigt der Lauf der Sachen.
Die List gibt dir das Recht so du zur Herrschaft hast;
Die Stimmen kauftest du, da du der Schulden Last,
Die manchen Bürger drückt, verschwendrisch aufgehoben:
Dem Laster zum Behuf verübst du Tugendproben.
Tyrannen müssen oft der Tugend Freunde sein:
Die Wut versteckt sich oft in einer Wohltat Schein.
Auch ihre Gütigkeit ist billig zu bestrafen.

CÄSAR.

Wie? Kann denn Cäsars Zorn bei solchem Frevel schlafen?
Erwägt es, wenn ich zürn, so ist ein Augenblick
Schon lang und groß genung zu Eurem Ungelück.

CATO.

Wenn ich nicht hoffen darf die Freiheit zu erwerben,
So bin ich alt genung und will ganz freudig sterben.

CÄSAR.

Ach weichet dem Geschickt!

CATO.

Mein Schicksal heißt: Sei frei!

CÄSAR.
Glaubt, dass man auch beglückt am Tyberstrome sei.
CATO.
Die Tyber soll mich nicht an ihrem Ufer sehen,
Bevor durch meinen Arm die Rettung Roms geschehen.
CÄSAR.
Erhaltet doch vielmehr nur Euer eigen Haupt.
CATO.
Es ist ein großer Schimpf wenn man Tyrannen glaubt;
Und gar von ihrer Hand sein Leben will erhalten.
Der größte Ruhm ist der, sich rächen und erkalten.
CÄSAR.
Ihr tretet mir zu nah!
CATO.
Ich diene Rom getreu,
Und ehre doch zugleich der Götter Rat dabei.
CÄSAR.
Die Götter haben mir den Beifall längst gegeben:
Erkennt nur ihren Wink; hört auf zu widerstreben!
CATO.
In meinem Herzen ist ihr Ausspruch sonnenklar:
Und wäre dieses nicht, so würde mich fürwahr
Der Henker in der Brust mit scharfen Martern plagen;
So aber weiß ich nichts von dieser Qual zu sagen.
Wenn ein Tarquin entspringt, sind hundert Bruti da,
Die man noch nie gebückt zu deinen Füßen sah.
Man spricht dereinst von uns, wie wir von unsern Vätern:
Sie straften Könige, wir tun es an Verrätern.
CÄSAR.
Ach Cato, schont mich nur mit der Verräterei;
Und leget sie vielmehr Pompejens Anhang bei.
Ihr denket zweifelsfrei: Pharnaces wird uns stützen!
Allein es ist umsonst. Er will Euch gar nicht schützen.

Er hat nicht längst an mich zween Boten abgesandt,
Die machten mir von ihm den schnöden Zweck
bekannt:
Er woll Euch unvermerkt den Dolch ins Herze drücken,
Und nachmals Euren Kopf zu mir ins Lager schicken.
Ich nahm sie beide fest; sie sind gefesselt hier:
Bestraft sie selbst, und sprecht: Was tadelt Ihr an mir?

CATO.

Ja, Cäsar, es ist wahr. Ich muss die Großmut loben;
Allein dein Stolz taugt nichts: Sonst solltest du die
Proben
Von meiner Ehrfurcht sehn. Doch stellt Pharnaz mir nach,
Und sucht er meinen Kopf, so wie man dir versprach:
So steht der Bösewicht mir zwar nach Leib und Leben;
Doch du bist grausamer!

CÄSAR.

Wer? Ich?

CATO.

Du bist es eben;
Von dir wird Rom und mir die Freiheit selbst geraubt.
Gerechte Götter! Ach! Wer hätte das geglaubt?
Kann ein tyrannisch Herz noch so viel Großmut hegen?
O wärest du geneigt die Waffen abzulegen!
Itzt bin ich voller Scham, ja fast verzweiflungsvoll;
Dass ich dich ehren muss, da ich dich hassen soll.
Lass nach der Grausamkeit die Güte triumphieren!
Lass Rom in Freiheit stehn, und Rat und Volk regieren!
Und mache dass dich einst das hohe Lob vergnügt;
Seht! Cäsar ist ein Held, der auch sich selbst besiegt.
Er war uns zwar verhasst: Itzt müssen wir ihn lieben.
Wir sind durch seine Huld vom Joche frei geblieben.
Es drohte seine Macht uns lauter Sklaverei,
Und itzo sind wir bloß durch seine Gnade frei.

Wiewohl es ist umsonst. Kein Ruhm kann Euch bewegen,
Der Laster schnöder Glanz kann Euch viel stärker regen.
Ihr stammt von Göttern her, so, wie Ihr selber sprecht;
Doch seid Ihr, wie man sieht, der tollen Ehrsucht Knecht!
Wollt Ihr Euch darum nur zum Götterchor erheben,
Um aller Menschlichkeit gar gute Nacht zu geben?
Seid Ihr der Götter Sohn, so zeigt auch, dass Ihrs seid:
Nun gleicht man ihnen bloß durch Huld und Gütigkeit!
Allein die Zeit vergeht, Ihr bleibt bei Euren Sinnen,
Und lasst Euch durch Vernunft und Tugend nicht gewinnen.
Ich geh und mache gleich den Römern selber kund,
Was Euer Vorschlag ist. Da mag ihr eigner Mund
Den ganzen Ausspruch tun. Erwählt man das Verderben:
So tu mans immerhin! Ich will viel lieber sterben!
(Er geht ab.)

CÄSAR.
O welch ein edles Herz! War ich nicht, was ich bin;
Ich wünschte mir nichts mehr, als Catons freien Sinn,
Der keinen König will. Jedoch wer kommt gegangen?
Mich dünkt es ist Pharnaz. Was wird er doch verlangen?

Der vierte Auftritt

Cäsar und Pharnaces.

PHARNACES.
Wie? Cäsar, seid Ihr hier? Und niemand zeigt mirs an?
Warum verhehlt man mir was Cato wissen kann?
Von ungefähr hab ich die Stimme wahrgenommen,
Und bin fast ganz bestürzt an diesen Ort gekommen.
Ich warte mit Begier dass Timon und Arbat,

Durch welche Botschaft ich Euch einen Vorschlag tat,
Zurückekommen soll. Drum sagt vor allen Dingen,
Was wird man mir von Euch zur Antwort
wiederbringen?
Erwägt es, wie Ihr wollt. So glücklich Ihr auch seid,
So fehlt es Euch dennoch an voller Sicherheit.
Das Glücke wechselt stets! Wie leicht kann es geschehen,
Wenn Eure Römer erst den harten Cato sehen,
Der vor die Freiheit kämpft; dass ihr so tapfrer Mut
Auf seine Seite tritt? Bedenket was Ihr tut!
Die List ist sicherer als offenbare Waffen.
Ich will Euch Catons Kopf ohn alle Mühe schaffen;
Dann hegt der Erdkreis nichts, was Euch die Waage hält,
Dann seid Ihr Herr von Rom und Haupt der ganzen
Welt.

CÄSAR.

Wie frech erkühnst du dich, durch solche Freveltaten
Die Bosheit deiner Brust vor Cäsarn zu verraten?
Pharnaz, du denkst wohl nicht, dass ich ein Römer bin!
Ich hasse den Betrug! Kein schändlicher Gewinn
Kann mein gesetztes Herz zur Hinterlist bewegen;
Und sollt ich heute noch den Zepter niederlegen.
Geh, schäme dich ins Herz, dass du ein König bist,
Und zum Verräter wirst. Mein Schwert braucht keine List!
Die Götter haben mir bisher den Sieg verliehen:
Soll ich vor Utica zuletzt den Kürzern ziehen;
Wohlan, ich bin bereit und weiche dem Geschick,
Und geb dem Cato selbst die Freiheit Roms zurück!
Du aber sieh dich für, dass die Verrätereien,
Womit du schwanger gehst, dir selber wohl gedeihen.
(Er geht ab.)

PHARNACES.

Er geht und dankt mir nicht, dass ichs so gut gemeint?

Da ist der Römer Art! Sie achten keinen Freund.
Wohlan! Geht Ihr nur hin! Der Stolz wird Euch gereuen.
Arsenen raub ich doch! Es soll mir schon gedeihen!
(Ende der dritten Handlung.)

Die vierte Handlung

Erster Auftritt

Cato und Portius.

CATO.

Und Cäsar ist nicht hier? Mein Sohn was meinest du?
Was man nicht halten will, das sage man nicht zu.
Doch so entzieht er mir den Anblick der mich kränket,
Mein Herz entsetzet sich, sobald es an ihn denket.
O wären wir nur bald mit Schild und Spieß versehn;
Da sollt ihm schon sein Recht durch meine Faust geschehn!

PORTIUS.

Indessen hat er doch das Bubenstück entdecket,
Womit Pharnaces sich nun abermal beflecket.

CATO.

Vergebens zeigt er mir den Meuchelmörder an,
Da ich sein eignes Tun ihm nicht verzeihen kann.
Die Bosheit hat ihn selbst zu heftig angestecket!
So sehr hat zwar mein Hass sein Gutes nicht verdecket,
Dass ich nicht sehen sollt, dass er voll Großmut ist.
Es schreckt ihn in der Tat kein Drohen, keine List.
Im Felde sieget er, doch kann er auch verzeihen;
Und wär es Rom erlaubt ein einzig Haupt zu scheuen:
Vielleicht würd er allein der Ehre würdig sein!
Jedoch er reißt Gesetz und Recht und Ordnung ein,
Und sucht das Sklavenjoch auf deren Hals zu dringen,
Die auch wohl Könige vom Thron zu steigen zwingen.
An diesem Triebe nun nach Herrschaft Macht und Reich
Ist niemand in der Welt dem stolzen Cäsar gleich.

Das machts, dass ich nach ihm mit Zorn und Abscheu blicke!

PORTIUS.

Allein was gibt man ihm vor Antwort mit zurücke?

CATO.

Man schlägt ihm alles ab! O Himmel! Wie gesetzt
War unsrer Römer Mut! Wie hab ich mich ergetzt,
Als alle ganz beherzt dem Frieden widerstanden,
Den sie der Freiheit Roms so unanständig fanden.
Ihr Herz war unverzagt und voller Rachbegier;
Wie brach der Heldenmut aus jeder Stirn herfür,
Und was erregte nicht des Vaterlandes Liebe,
In jedes Bürgers Brust vor tugendhafte Triebe!

PORTIUS.

Auch ich, mein Vater, bin mit Faust und Stahl bereit,
Und lege den Versuch von meiner Tapferkeit
Vor Euren Augen ab, um Euch und Rom zu schützen.

CATO.

Vor Rom allein, mein Sohn, lass deinen Degen blitzen;
Vor deinen Vater nicht. Und fiel ich ungefähr:
So bleibe du gleichwohl in steter Gegenwehr!
Und zeige Cäsarn einst, dass Cato auch im Grabe,
Vor aller Tyrannei den größten Abscheu habe.
Du weißt, dass Hannibal, als er ein Knabe war,
Auf seines Vaters Wort bei Opfer und Altar,
Den schweren Eid getan, uns Römer stets zu hassen:
Dich will ich Cäsars Hass und Tod beschweren lassen!

PORTIUS.

Ich bin bereit dazu, dieweil ichs schuldig bin.
Doch sagt mir, sollte wohl der Parther Königin
Aus Rom entsprossen sein?

CATO.

Wo hast du das vernommen?
Denn von dir selbst ist dirs gewiss nicht eingekommen.

PORTIUS.

Pharnaz entdeckte mirs als eine Heimlichkeit;
Und sagte wie mich dünkt, dass Ihr es selber seid,
Von dem die Nachricht kommt.

CATO.

Was ist dir dran gelegen?
Erkundigst du dich auch vielleicht der Liebe wegen?
Hast du dich auch vergafft? Ach! Wisse Portius,
Dass man im Kriege nicht ans Lieben denken muss.
Komm, hilf mir erstlich Rom und seine Freiheit retten!
Alsdann erinnre dich der sanften Liebesketten.
Wiewohl es ist umsonst! Ob sie gleich römisch ist,
So geht es doch nicht an, dass du ihr Freier bist.
Da kömmt sie selber her, du sollst es bald erfahren.

Der andere Auftritt

Cato. Portius. Arsene. Phenice.

ARSENE.

Mein Herr, ich komme her, der Römer Blut zu sparen.
Ich eile Cäsars Schritt aus Lust zum Frieden vor;
Drum gönnet meinem Wunsch nur ein geneigtes Ohr.
Mein Unglück wird so lang als Roms Verderben währen.
Das Bürgerblut erweckt mir gar zu viele Zähren.
Sobald der Tod den Pfeil auf Eure Krieger zückt,
So wird er, wie mich dünkt, in meine Brust gedrückt.
Ich muss die Römer mehr als meine Parther lieben.
Vielleicht tu ich zu viel mit den verkehrten Trieben!
Ich bin als Königin den Königsfeinden hold,
Die ich, nach meiner Pflicht, recht tödlich hassen sollt.
Mein Herz empört sich stark und murrt so sehr darwider,

Als trät ich die Natur und ihr Gesetz darnieder.

CATO.

O liebten sich doch auch die guten Römer so!
So würden wir nach Schmerz und Unglück endlich froh.
Ihr habt ein größer Herz als Königinnen haben,
Es liegt was Römisches in Eurer Brust begraben.
Arsene, glaubt es nur, ja macht es offenbar,
Der Götter Fügung selbst erklärt es schon für wahr.

PORTIUS *(seitwärts)*.

Das hab ich nur gewünscht! Pharnaz hat nicht gelogen!

ARSENE.

Mich dünkt das ganze Heer ergreift schon Schwert und Bogen.
Der Stillstand ist bald aus! Drum Herr, verlängert ihn;
Seht, Cäsar, will sich hier um meine Gunst bemühn.

CATO.

Prinzessin, was war das?

ARSENE.

Ich will sein Herze lenken,
Der Himmel scheint mir ja ein großes Reich zu schenken:
Der größten Ehrbegier genügt an meinem Thron;
Und so bezwing ich denn auch Cäsars Herze schon!
Alsdann soll er nebst mir der Parther Reich regieren,
Und Rom wird keinen Zwang von seinem Zepter spüren:
Der Friede soll die Frucht von meiner Liebe sein.

CATO.

Was hör ich! Welch ein Schmerz nimmt Geist und Glieder ein!
Ihr liebet Cäsarn selbst? O Himmel! Was für Plagen,
Soll meine Tugend noch erdulden und ertragen?
Das Glück versucht an mir fast alles was es kann
Weil ihm mein Widerstand vielleicht zu weh getan.
Ihr Götter! War der Schimpf nicht groß genug zu nennen,

Sie durch die Krone schon verunehrt zu erkennen?
Und muss es gar geschehn, dass des Tyrannen Bild
Durch zarte Liebesglut ihr Innerstes erfüllt!

ARSENE.

Was macht Euch so bestürzt? Was kann Euch so bewegen?
Kann das, was ich gesagt, so viele Wut erregen?
Was hab ich denn versehn, dass mich der Zorn betrifft?
Erklärt Euch!

CATO.

Nimm und lies; es ist Arsacens Schrift.

ARSENE.

Mit Zittern fass ich hier des Vaters eigne Zeilen:
Es scheint ein harter Fall mein Herz zu übereilen.
(Sie öffnet den Brief und liest.)
Es würde grausam sein, wenn ich erblassen sollte,
Und Eure Tochter Euch noch länger bergen wollte:
Durch ihre Tugenden ist sie der Ehre wert,
So ihr durch Eure Huld und Liebe widerfährt.
Erkennt denn Euer Blut, und liebt es in Arsenen,
Und will sie meinen Thron und Purpur nicht verhöhnen;
So nehmt doch ihrer Hand der Parther Zepter nicht:
Indem ihr Regiment der Welt viel Guts verspricht.

PORTIUS.

Was hör ich? Kann es sein? Die Schwester Portia,
Die man vor tot geschätzt, steht in Arsenen da?

PORTIA.

Wer? Ich des Cato Kind? Welch plötzliches Entsetzen!
Dies Glück ist herrlicher als Kron und Thron zu schätzen.
Mein Vater! Süßes Wort! so mir viel schöner klingt,
Als was ein Königreich vor stolze Titel bringt.
Die Regung der Natur bewog mich Euch zu lieben,
Ein unbekannter Trieb hat mich hieher getrieben.
Ihr wisst wie deutlich sich mein Herze schon entdeckt,

Obgleich das Schicksal mich in fremden Schmuck versteckt.
Itzt regt sich das Geblüt mit freudigem Ergießen;
Bezwingt Euch denn, mein Herr, mich in den Arm zu schließen,
Und seht mich doch einmal mit Vateraugen an!
Verbannt den alten Schmerz! Der Zorn sei abgetan!
Bestrafet nicht an mir die Fehler des Geschickes,
Und würdigt Euer Kind doch endlich eines Blickes!

CATO.

Ich hab es wohl gespürt, dass dich mein Schmerz bewegt.
Es war ein heimlich Band in unser Blut gelegt:
So heftig regten sich die eingepflanzten Triebe!
Und kurz, ich fühlte selbst die zärtste Vaterliebe.
Allein, ein Königsthron ist viel zu schlecht vor dich;
Und Cäsarn hold zu sein, der größte Schimpf für mich.
Auf! edle Römerin, besiege Lieb und Ehre,
Und zeige dass dein Herz dem Cato angehöre!

PORTIA.

Ach allzuschwerer Sieg! Wie hart fällt beides mir!

PORTIUS.

Was säumt denn Portius? Dies Glück gehört auch dir.
Ja, Schwester, lasst auch mich in Eure Arme fallen,
Und seht in meiner Brust ein Bruderherze wallen.
Ich war Euch auch geneigt, als einer Königin;
Und wünschte: Wäre sie doch eine Römerin!
Nun ist es zwar entdeckt, doch anders als ich dachte:
Indem ich schon auf Euch ganz andre Rechnung machte.

PORTIA.

Ach! Bruder, liebet mich hinführo brüderlich!

CATO.

Was bist du so bestürzt? Wohlan, entschlüße dich!

Du seufzest? Schäme dich! Willst du dein Blut
beflecken?
Und deines Vaters Haus in Schimpf und Schande stecken?
Ihr Götter! Welch ein Schmerz!

PORTIA.

Mein Vater, lasst mich doch!

CATO.

Ich bin dein Vater nicht, wo Cäsars Liebe noch
In deiner Seelen brennt. Ersticke solche Flammen!

PORTIA.

Wie konnt ich Cäsars Huld und Liebe doch
verdammen?
Ich wusste ja noch nicht wer mich zur Welt gebracht:
Das Schicksal hat mir selbst dies Unglück zugedacht!

CATO.

Der Tränenstrom verrät die Schwäche deiner Seelen,
O! kannst du nicht einmal die Zärtlichkeit verhehlen:
So nenne dich hinfort nur meine Tochter nicht;
Und komme mir durchaus nicht mehr fürs Angesicht!

PORTIA.

Ach! Herr, kaum hab ich Euch als Vater kennenlernen,
Und Ihr wollt mich von Euch schon wiederum entfernen?
Ich Unglückselige! Der Götter Grausamkeit
Hat mich bisher verwaist; Ihr geht noch eins so weit.
Sagt, muss ein Römer denn, um Rom getreu zu scheinen,
In seiner Seelen gar die Menschlichkeit verneinen,
Und unempfindlich sein?

CATO.

Was sagst du? Rede nun!
Sprich, soll denn die Natur der Tugend Eintrag tun?

PORTIA.

Und muss die Tugend denn Natur und Trieb ersticken?
Wiewohl, es ist zu hart, Euch niemals zu erblicken!

Verbindet, wenn Ihr könnt, was Rom, was Vaterland,
Was meine Liebe will, durch ein beglücktes Band!
Wo nicht, so will ich doch die schnöde Flamme dämpfen,
Ich will mein eigen Herz und Cäsars Glut bekämpfen:
Ihr Götter! hört es an, ich bin ganz eifersvoll;
Zu zeigen wer ich bin, so hart mirs gehen soll!

CATO *(er umarmet sie).*

Nun nenn ich dich mein Kind. Aus solchen Tugendproben
Erkenn ich mein Geblüt. Ich will und muss dich loben!

PORTIUS.

Mein Vater, Cäsar kömmt: Ich gehe …

CATO.

Bleibe du:
Du gleichfalls Portia; hört unsern Reden zu.

Der dritte Auftritt

Cäsar. Cato. Portius. Portia. Phenice.

CÄSAR.

Nun Cato, soll ich itzt die Gnade herrschen lassen?
Wie? Oder soll ich noch das scharfe Rachschwert fassen?
Was wünscht der Römer Rat?

CATO.

Dir, was du ihm gedroht,
Das ist, den Untergang; wo nicht, sich selbst den Tod.
Der Krieg, der Krieg allein soll uns den Ausschlag geben:
Doch niemand will von uns die Freiheit überleben.
Indessen glaube nicht, dass dieser Mauren Kreis,
Dass uns nur Utica so kühn zu machen weiß;
Dass wir uns ganz verzagt in Turm und Wall
verschanzen,

Und du ganz Afrika mit Adlern magst bepflanzen.
Nein, wir erwarten dich und deinen Angriff nicht
Sobald nur morgen früh das erste Tageslicht
Die Welt bestrahlen wird, so soll durch Glut und Eisen
Sich lauter Mord und Wut in deinem Lager weisen.
Bereite dich dazu!

CÄSAR.

Meint Ihr, dass Cäsars Macht
Euch nicht bestürmen kann, eh Ihr vom Schlaf erwacht?
Mein Vorsatz war bisher der Römer Rest zu schonen;
Allein, da Stolz und Grimm so reichlich bei Euch wohnen,
Als schwach die Kräfte sind: So seid Ihr schuld daran,
Wenn ich die Blitze nicht zurückehalten kann.
Ihr zwingt mich, Utica, und alles zu verstören!
(Zu Portien.)
Prinzessin, lasst mich nur kein hartes Wort mehr hören!
Man will den Frieden nicht, man schlägt mir alles ab;
Was nützt der Vorschlag nun, den ich aus Großmut gab?
O Himmel, wenn du doch den Frevel strafen wolltest!

PORTIA.

Du trotzest einen Feind, den du verehren solltest,
Und kennst doch weder ihn noch seine Kräfte recht:
Doch wisse, dass sein Arm noch deinen Hochmut schwächt.
Es steht ihm jemand bei, den du verehren müsstest,
Ja den du scheuen sollst, dafern du ihn nur wüsstest!

CÄSAR.

Wer ist der Gegner denn den Cäsar scheuen soll?

PORTIA.

Ich selber bins.

CÄSAR.

Seid Ihrs?

PORTIA.

Vernimms erstaunensvoll,
In diesem Cato ist mein Vater selbst verhanden!

CÄSAR.

Ihr scherzet, wie mich dünkt; hab ich Euch recht verstanden?
Ihr wollt bald Königin, bald Catons Tochter sein:
Das ungereimte Ding will mir durchaus nicht ein!
Nein, ich begreif es nicht.

PORTIA.

Es muss dir fremde dünken:
Ich selber wusst es nicht und wollt in Ohnmacht sinken,
Sobald ich es erfuhr. So grausam ist mein Glück!
Ja, Cäsar, so ergrimmt ist dein und mein Geschick.
Du liebtest mich, ich dich. Nunmehr erfolgt die Reue;
Indem ich mich beschämt vor meinem Siege scheue.
Da, wo ich Ruhm gesucht, da find ich lauter Schimpf:
O Schicksal! brauchest du denn niemals größern Glimpf,
Und muss ich heute denn sogar an mir erleben,
Dass Lieb und Unschuld stets einander widerstreben?

CÄSAR *(bald zu Portien, bald zum Cato)*.

Was? sieht man unsre Lieb als ein Verbrechen an?
Warum verdammt man sie, da sie doch nützen kann?
Der Himmel sucht dadurch die Römer zu verbinden;
Drum solltet Ihr die Glut noch mehr und mehr entzünden.
Warum zertrennt Ihr doch, was selbst der Himmel paart?
Es scheint der Friedensschluss ist bloß für uns gespart.

CATO.

Viel lieber wollt ich sie nicht vor mein Kind mehr achten,
Und sie, ja mich zugleich als Opfertiere schlachten.
Nein, Cäsar, glaube nicht, dass mich dein Vorschlag trügt,
Weil mir Pompejens Fall noch stets im Sinne liegt.
Der ward dein Tochtermann, doch dies vermeinte Glücke

War seines Unfalls Grund: Die Eh ward ihm zum Stricke.
Gesetzt also, dass ich den Beifall geben wollt,
Dass Cäsar Portien zur Gattin haben sollt:
So würde doch dein Herz ganz unersättlich bleiben,
Und seine Kronensucht aufs Allerhöchste treiben;
Mich aber hätte dann die Schandtat sehr befleckt.

Der vierte Auftritt

Cato. Cäsar. Portia. Portius. Phenice und Domitius.

DOMITIUS.
Ein unverhoffter Fall hat Burg und Volk erschreckt.
Pharnaces brach ins Schloss mit Waffen und Soldaten,
Sein Herz und Antlitz brennt nach lauter Freveltaten:
Ich hab ihn selbst gesehn; er war schon vor der Tür,
Allein es störten ihn drei Römer oder vier:
Man sah mit gleichem Mut Arsenens Diener streiten;
Wiewohl ihr Widerstand hat wenig zu bedeuten.
PORTIUS.
Ich will der Erste sein der den Verräter schlägt,
Und, wenn er nicht entläuft ihn kalt darniederlegt,
CATO.
Ich eile selber hin, und schone nicht des Lebens.
DOMITIUS.
Es hat nicht mehr Gefahr, drum eilet Ihr vergebens.
Pharnaz ist schon erlegt und seine Scharen fliehn:
Nur Marcus, Euer Sohn!
CATO.
Wie? Warum nennst du ihn?
Hat er mein Haus befleckt? Ist er verzagt gewichen?
Hat er aus Blödigkeit sich furchtsam weggeschlichen?

O Himmel! welch ein Schimpf!

DOMITIUS.

Nein! Herr, sein Heldenmut
Erwies ein römisch Herz und Catons tapfres Blut.
Er kam erhitzt darzu als schon die andern fochten,
Und hat sich selbst dabei den schönsten Kranz geflochten.
Pharnazes drang auf ihn mit bloßem Säbel ein;
Doch alle seine Wut schien ganz umsonst zu sein:
Weil ihm kein Hieb, kein Stoß nach Herzenswunsch gelungen,
Bis Eures Sohnes Schwert ihm durch die Brust gedrungen.

CATO.

Den Göttern sei gedankt! Allein was säumt er nun,
Mir den befochtnen Sieg auch selber kundzutun?

DOMITIUS.

Vernehmt nur den Verlauf: O dörft ich es nicht sagen!
Indem Pharnazes fällt, will er das Letzte wagen,
Und stößt, da Marcus schon mit neuen Feinden ficht,
Von hinten nach ihm zu.

PORTIA.

Verdammter Bösewicht!
So musst du doch bei mir zum Brudermörder werden!

CATO.

Vollführe den Bericht.

DOMITIUS.

Drauf sank er tot zur Erden;
Und starb mit ihm zugleich. Doch starb er als ein Held,
Indem Pharnaces sich Verrätern beigesellt,
Mich dünkt, man bringt Euch schon den Leichnam hergetragen.

CÄSAR.

Pharnaces hat sich selbst durch Trug und List geschlagen:
Denn die Verräterei bestraft sich allezeit.

So macht es Cäsar nicht. Nein, Treu und Redlichkeit
Soll in dem Treffen selbst den Überwinder schmücken.
Nun Cato, es ist Zeit vor Utica zu rücken.
Ihr schlagt den Frieden aus; drum rüstet Euch zur Schlacht:
Die Götter haben mir die Lorbeern zugedacht!
Ihr, Portia, lebt wohl! Doch werd ich heute siegen;
So soll mein Degen gleich zu Euren Füßen liegen.

PORTIA.

Geh, Unmensch! Geh Tyrann! Du bist ein Wüterich!
(Cäsar und Domitius gehen ab. Portia folgt mit Phenicen doch an der andern Seite.)

Der fünfte Auftritt

Cato. Portius. Phocas. Artabanus. Die Bedienten so den toten Leichnam getragen bringen.

CATO.

Ihr Freunde, legt nur hier den Körper recht für mich,
Damit ich sehen kann, wie er im Blute lieget;
Und aus der Wunden Zahl, wodurch man ihn besieget,
Sein Lob erhellen mag. Willkommen, liebster Sohn!
Nun spricht dein Vater auch durch dich den Feinden Hohn.
Komm her, mein Portius, wie schön ist es zu sterben,
Wenn wir durch Tugenden uns Tod und Grab
erwerben?
Wer stürbe nicht gleich ihm vor unser Vaterland!
Begrabe mich dereinst zu seiner rechten Hand,
Dass unsrer Asche Rest beisammen kann verwesen.
Ihr Freunde, welch ein Schmerz, ist hier bei euch zu lesen?
Wie kömmt es? Trauret ihr, da meines Hauses Pracht
Aufs Allerhöchste steigt? Das hätt ich nicht gedacht!
Es wär ein Schimpf für mich, wenn in den letzten Zügen,

Darin die Freiheit liegt, mein Haus allein gestiegen,
Mein Glück gewachsen wär.

ARTABANUS.

O welch ein großer Mann!
Desgleichen wohl die Welt nicht viele zählen kann.

CATO.

Es scheint, ihr könnet euch der Tränen nicht erwehren,
Da nur ein Jüngling fällt. Rom, Rom erfodert Zähren!
Der Götter Meisterstück, der Helden Vaterland,
Die Herrscherin der Welt, die mit gerechter Hand
Tyrannen niederschlug und den geplagten Landen
Die Freiheit wiedergab, Rom ist nicht mehr vorhanden!
O Freiheit! O Verlust! O edle Vaterstadt!

ARTABANUS.

Welch eine Redlichkeit, die ihn erfüllet hat!
Den Sohn beweint er nicht; um Rom vergießt er Tränen!

CATO.

Die ganze Welt muss sich an Cäsars Joch gewehnen,
Wo Mond und Sonne scheint, was wir bisher bezähmt,
Das alles hat sich schon zur Sklaverei bequemt,
Und will vor Cäsars Ruhm sein eigen Blut nicht schonen.
Die tapfern Fabier, die großen Scipionen,
Ja selbst Pompejus focht vor Cäsars Ruhm allein.
Kurz, alles, alles muss des Räubers Beute sein!
O wundergroßes Rom, wie sehr bist du verfallen!

PHOCAS.

Mein Herr, itzt rettet nur Euch selber, samt uns allen,
Es ist schon hohe Zeit!

CATO.

An mich gedenkt nur nicht:
Ich bin nicht in Gefahr, ob alles fällt und bricht.
Der Himmel lässt mich nicht in Cäsars Hand geraten,
Es sei der Wüterich ein Herr von hundert Staaten;

Doch soll es nicht geschehn, dass er sich rühmen darf,
Dass er auch mich besiegt. Nichts ängstet mich so scharf,
Als euer aller Heil, ihr wertgeschätzten Freunde!
Wie schütz ich immermehr euch alle vor dem Feinde?

PHOCAS.

Vielleicht verzeiht er uns, wenn wir um Gnade flehn!

CATO.

Ganz recht; drum tut es nur, und sagt ihm: Was geschehn,
Das komme bloß von mir. Sagt auch, ich ließ ihn bitten
Auf eure Tugend ja den Grimm nicht auszuschütten.
(Zum Artaban.)
Um Euch mein Artaban, und um der Parther Reich
Ist mirs von Herzen leid! Was rat, was helf ich Euch?

ARTABANUS.

Solange Cato lebt, so will ich mit ihm leiden.

CATO.

Kommt her, umarmet mich, bevor wir uns noch scheiden;
Und wird gleich Portia nicht eure Königin,
Dieweil sie römisch ist, und ich ihr Vater bin:
So unterwerft den Staat nur billigen Gesetzen,
Und lasst durch keine Macht des Landes Wohl verletzen.
(Zu seinem Sohne.)
Tritt näher Portius, du hast es selbst erblickt,
Wie Ehrfurcht, List und Trotz mir oft das Ziel verrückt,
Und wie ich widerstrebt. Itzt siehst du mich auch weichen,
Da keine Hoffnung ist den Endzweck zu erreichen.
Geh hin, verbirg dich nur auf das Sabiner Feld,
In deinen Vatersitz; wo mancher große Held,
Wo unser Ahnherr selbst, nachdem er oft gesieget,
Nach alter Römer Art sein eignes Land gepflüget.
Da lebe tugendhaft, verborgen, schlecht und recht;
Sei fromm, den Göttern treu, doch keines Menschen
Knecht:

Denn wo das Laster herrscht, da sind die höchsten Würden,
Die man bei ihnen trägt, die ärgsten Sklavenbürden.

PORTIUS.

Ihr ratet mir fürwahr ein solches Leben an,
Das ich von selbsten schon unmöglich hassen kann.

CATO *(zu allen)*.

Ihr Freunde, lebet wohl! Wollt ihr nicht alle trauen,
Könnt ihr nicht schlechterdings auf Cäsars Gnade bauen:
So wisst, dass allbereit die Schiffe fertig stehn.
Ihr könnt, sobald ihr wollt, damit zu Segel gehn.
Mehr kann ich itzt nicht tun, euch insgesamt zu retten;
Eilt, denn der Sieger kommt und droht euch schon die Ketten!
Lebt wohl, zum letzten Mal! Wenn wir uns wiedersehn,
So wird es zweifelsfrei an einem Ort geschehn,
Wo uns kein Cäsar wird in unsrer Ruhe stören;
Und wo wir nichts von Macht und von Tyrannen hören.
(Er kehrt sich nach dem Toten.)
Daselbst geneust mein Sohn, der für die Freiheit starb,
Der Tugendliebe Lohn; den er sich hier erwarb.
Da trägt er nun den Kranz, der seine Schläfe zieret!
Da stimmen alle die, so hier die Welt regieret,
Den Menschen wohlgetan, der festen Wahrheit bei:
Dass ihr Bemühen nicht umsonst gewesen sei!
(Ende der vierten Handlung.)

Die fünfte Handlung

Erster Auftritt

Cato allein, in tiefen Gedanken sitzend und ein Buch in Händen habend. Es liegt neben ihm ein bloßer Degen auf dem Tische; und an der Seite steht ein Ruhbette.

CATO.

Ja, Plato, du hast recht! Dein Schluss hat großen Schein!
Wahrhaftig! Unser Geist muss doch unsterblich sein.
Woher entstünde sonst das Hoffen und Verlangen,
Ein unaufhörlich Glück und Leben zu empfangen?
Wo kömmt das Schrecken her, das uns so zaghaft macht?
Woher die kalte Furcht vor jener Grabesnacht?
Erbebt die Seele nicht vor ihrem Untergange?
Und was macht ihr so sehr als Gruft und Moder bange?
Ja; ja, es wohnt in uns ein göttlich-hoher Trieb:
Der Himmel macht uns selbst die stete Dauer lieb,
Und führt uns aus der Welt in ungleich größre Schranken.
O Ewigkeit! Du Quell entzückender Gedanken!
Durch was Veränderung, Bemühung, Not und Pein,
Und Wechsel dringet man zu deinen Toren ein!
Dein Anblick liegt uns zwar ganz offen im Gesichte,
Man sieht zwar weit hinaus; allein bei schwachem Lichte:
Denn Schatten, Dampf und Nacht verhindern stets den Blick,
Und ziehn der Augen Strahl allmählich gar zurück.
Hier will ich stille stehn. Gibt es ein höchstes Wesen;
Jedoch Natur und Welt lässt tausend Proben lesen,
Und ruft: Es ist ein Gott! So folgt auch zweifelsfrei
Dass Gott der Tugend auch geneigt und gnädig sei.

Wem er nun gnädig ist, der muss auch glücklich werden.
Doch wenn geschiehts? Und wo? Gewiss nicht hier auf Erden;
Die fällt ja Cäsarn zu, und ist vor ihn gemacht.
Wo denn? – Das weiß ich nicht, so sehr ich nachgedacht.
Dies Eisen soll mir bald den langen Zweifel heben:
Nun bin ich doppelt stark; mein Sterben und mein Leben,
Mein Gift und Gegengift liegt beides da vor mir.
Das eine reißet mich im Augenblick von hier,
Das andre lehret mich, ich könne niemals sterben.
Die Seele bleibt getrost und scheuet kein Verderben;
Sie lacht bei diesem Schwert und höhnt den spitzen Stahl.
Die Sonne selbst wird alt, so wie der Sterne Zahl
Allmählich schwächer scheint. Natur und Welt geht unter,
Nur du allein, mein Geist, bleibst ewig jung und munter:
Du lebst, wenn sich der Krieg der Elemente regt,
Und aller Körper Bau in Stück und Drümmer schlägt.
Welch eine Mattigkeit will meinen Geist befallen!
Ich fühle schon den Schlaf durch alle Glieder wallen.
Mein schweres Aug und Haupt ist von den Sorgen matt,
Und sehnt sich nach der Ruh. Wohlan, ich geb ihr statt.
Ich überlasse mich dem Schlummer, den ich merke;
Dass mein erwachter Geist hernach mit voller Stärke
Die Flucht ergreifen kann, und denn an Kräften neu,
Dem Himmel, den er ehrt, ein würdig Opfer sei.
Wen sein Gewissen plagt, dem stört die Angst den Schlummer:
Davon weiß Cato nichts. Kein Laster macht mir Kummer!
Drum gilt auch in der Tat mir Schlaf und Tod gleichviel:
Denn beides labet mich und setzt dem Gram ein Ziel.
(Er legt sich auf den Arm, um zu schlafen.)

Der andere Auftritt

Cato und Portius.

CATO.
Wer kömmt? Wie das, mein Sohn? Du dringst dich so herein;
Hab ich dirs nicht gesagt, ich wollt alleine sein?
Gehorchst du mir also?

PORTIUS *(ergreift den Degen).*
Ach! Was soll dieser Degen?
Mein Vater! lasst mir zu das Mordschwert wegzulegen!

CATO *(will ihn behalten).*
Was unterstehst du dich? Verwegner Jüngling, halt!

PORTIUS.
Ach! Liebster Vater, tut Euch selber nicht Gewalt!
Lasst Euch der Freunde Heil, Gefahr und Tränen rühren.

CATO.
Willst du mich selber denn in Cäsars Lager führen?
Soll ich sein Sklave sein? Verrätst du selber mich?
O Sohn, gehorche mir, weich und entferne dich!

PORTIUS (lässt den Degen los).
Seht mich so hart nicht an; ich will viel lieber sterben,
Als ungehorsam sein, und Euren Zorn erwerben.

CATO.
So recht, nun bin ich doch von Neuem wieder frei!
Nun Cäsar komm, und zeuch mit deiner Macht herbei,
Und sperre Tor und Pass; verschleuß durch deine Flotten
Das Meer und jeden Port: Ich will dich doch verspotten.
Ein Cato öffnet sich den Weg und Ausgang schon!

PORTIUS.
Mein Vater und mein Herr! Vergebt doch Eurem Sohn;

Ein Kummer drückt mich sehr: Vielleicht wirds gar geschehen,
Dass ich Euch diesmal hier zum letzten Mal gesehen?
Ach straft doch itzo mich und meine Tränen nicht,
Dieweil ihr heißer Strom aus banger Seelen bricht.
Verlasst doch, bitt ich Euch, was Ihr Euch vorgenommen!

CATO *(umarmet ihn).*
Du bist stets deiner Pflicht gebührend nachgekommen:
Drum weine nicht, mein Sohn: Es wird noch alles gut!
Die Götter geben mir von Neuem guten Mut:
Und schützen voller Huld auch künftig meine Kinder.

PORTIUS.
Durch diesen Zuspruch wird mein herber Gram gelinder.

CATO.
Du kannst, mein Portius, nun ganz auf mir beruhn:
Was sich vor mich nicht schickt, das werd ich auch nicht tun.
Doch geh, mein Sohn, und sieh, ob deines Vaters Freunde
Schon in den Schiffen sind, zur Flucht vor unserm Feinde?
Sieh, ob sich Wind und See bequem zur Reise zeigt?
Denn komm und sage mirs. Indes bin ich geneigt,
Mich einen Augenblick im Schlummer zu erquicken.

PORTIUS.
Nun bin ich wieder froh! Ich hoff es wird uns glücken!
(Cato legt sich auf das Bette um zu schlafen, und der innere Vorhang fällt zu.)

Der dritte Auftritt

Portius und Portia.

PORTIUS.

Ach Schwester Portia, ich hoffe noch zur Zeit!
Der Vater lebet noch, der unsrer Sicherheit
Und Rom so nötig ist; er will noch ferner leben!
Er hat den Augenblick sich nur zur Ruh begeben,
Und hat noch, wie mich dünkt, zum Friedensschlusse Lust.
Er hat mich angereizt, dass ich mit starker Brust
Die Großmut üben soll; und mir Befehl erteilet,
Zu sehn, ob allbereit die Freunde fortgeeilet:
Weil längst vor sie ein Schiff im Hafen fertig lag.
Macht hier nun kein Geräusch, damit er schlafen mag!
(Er geht ab.)

PORTIA.

O ihr Unsterblichen! die ihr das Recht beschützet,
Bewacht sein Lager doch, und gebt ihm was ihm nützet.
Verbannt der Sorgen Heer und gebet keinem Traum,
Der ihm die Ruhe stört, in seiner Seelen Raum.
Erinnert euch, was er vor Gutes ausgeübet,
Und zeigt uns Sterblichen, dass ihr die Tugend liebet!

Der vierte Auftritt

Portia und Phenice.

PHENICE.

Wo ist denn Cato itzt? Eur Vater, Portia.

PORTIA.

Phenice, nicht so laut! Wir sind ihm gar zu nah.

Er schläft ein wenig; still! wir möchten ihn sonst stören.
Indessen will sich schon die Hoffnung wieder mehren,
Dass uns des Himmels Huld bald Glück und Ruhe
schenkt.

PHENICE.

Mein schwaches Herze klopft, wenn es an ihn gedenkt,
Ich beb und zittre gar, sobald ich ihn erblicke.
Er ist so streng und hart und weicht dem Ungelücke,
So wenig als ein Gott! Kein Mitleid nimmt ihn ein,
Denn weil er selbst nicht fehlt, so will er nie verzeihn.

PORTIA.

Ganz recht, den Feinden Roms ist Cato streng und wilde;
Doch seinen Freunden bleibt sein Herze weich und milde.
Da ist er voller Güt und sanfter Zärtlichkeit;
Kurz, der gelindste Mann! Noch hab ich allezeit,
Seitdem das Schicksal mich an diesen Ort geführet,
Das zärtste Vaterherz in seiner Brust gespüret.

PHENICE.

O ging er itzo nur den Vorschlag Cäsars ein!
So könnt auch ich nebst Euch vollkommen glücklich sein.
Der Parther Thron und Reich ist schon vor Euch verloren;
Wer weiß, was Cäsar uns vor Unglück zugeschworen!
Zumal, wenn er zwar siegt, doch Euch, als Catons Kind,
Das ihn nicht lieben kann, nicht auch zugleich gewinnt.

PORTIA.

Der Himmel selber mag vor unser Glücke wachen,
Darauf verlass ich mich!
(Sie weinet.)

PHENICE.

Doch was wird Cato machen?
Wer weiß, wes er beschließt! Wer weiß, was Portius
Auf väterlichen Wink noch unternehmen muss!
Wer weiß, obs auch gelingt!

PORTIA.

Ach blieb er nur am Leben!
Das andre wollt ich gern den Göttern übergeben.
(Sie weint.)

Der fünfte Auftritt

Phocas. Portia. Phenice.

PHOCAS.
Wie sanft, wie süße schläft ein tugendhafter Mann,
Den sein Gewissen nicht im Schlummer stören kann!
Ich kam und habe selbst den Cato liegen sehen,
Es ist ihm zweifelsfrei ein harter Fall geschehen,
Da er den Sohn verlor; doch bleibt er tugendhaft!
Vermutlich stärket ihn der Götter eigne Kraft.
Dass er nicht zaghaft wird, und gleiche Größe zeiget:
Obgleich die ganze Welt sich schon vor Cäsarn beuget.
Ich sah ihn, Portia, gemächlich hingestreckt,
Und da die Phantasei ihm einen Traum erweckt,
Rief er mit Lächeln aus: Es soll dir nicht gelingen!
Nein, Cäsar, nein! du sollst, du kannst mich nicht bezwingen!

PORTIA.
Es liegt ihm ganz gewiss sein Kummer noch im Sinn!

PHENICE.
Wo will denn, Portia, das stete Grämen hin!
Was weint Ihr allezeit? Wir dürfen gar nicht sorgen,
Wenn Cato nur noch lebt, so sind wir schon geborgen.

Der sechste Auftritt

Artabanus. Phocas. Portia. Phenice.

ARTABANUS.
Die Reuter sind zurück, und haben ausgespürt,
Wie stark das Kriegsheer ist, so Cäsar bei sich führt.
Und wie entfernt sie sind. Man sieht sie deutlich liegen,
Wenn man auf einen Turm, nach Osten zu, gestiegen.
Die Sonne, die bereits allmählich untergeht,
Macht dass ein Widerschein von Schild und Helm
entsteht,
Der fast das ganze Feld mit Gold und Glanz bedecket.
Indessen hat der Feind ein Lager abgestecket;
Und Cäsar wartet noch, weil er den Frieden leibt,
Was Cato ihm zuletzt vor einen Ausschlag liebt,
PHOCAS.
Wir werden also wohl den Vater wecken müssen!
Was dünkt Euch, Portia? Hier muss er sich entschlüßen.

Der siebende Auftritt

Portius. Artaban. Phocas. Portia. Phenice.

PHOCAS.
Dein Anblick, Portius, erschreckt mich ungemein,
Die Zeitung, die du bringst, muss groß und wichtig sein:
Dein Auge will mir schon was Unverhofftes sagen?
PORTIUS.
Ich eilte zu dem Port, wo unsre Freunde lagen,
Die voller Ungeduld auf den erwünschten Wind,
Bis diese Stunde noch nicht abgesegelt sind.

Da lief ein Segel ein von des Pompejus Sohne,
Das brachte Zeitung mit, dass er kein Sorgen schone,
Die Völker Spaniens um Beistand anzuflehn,
Dass er des Vaters Tod gerochen könne sehn.
Stünd hier ein Cato nur an dieses Heeres Spitze;
Da wär es uns und Rom, vielleicht was mehrers nütze!
(Man höret einen Tumult drinnen.)
Doch halt! Welch ein Tumult! Ach, lasst mich eilend gehn,
Dem Vater selbst vielleicht in etwas beizustehn:
(Portius läuft hinein.)

PHOCAS.

Er denkt gewiss an Rom auch mitten in dem Schlummer,
Und bei dem Ungestüm von dem empfundnen Kummer,
Erzürnt er sich vielleicht dass Rom sich selbst verstört:
(Der Tisch fällt drinnen um.)
Allein das Poltern wird zum andern Mal gehört!
Ihr Götter! steht uns bei!

PORTIA.

Ach, hier ist nicht zu säumen!
So ächzt, so stehnt kein Mensch im Schlafen oder Träumen!
Er liegt in Todesangst! Den Ton erweckt der Tod!

PORTIUS *(kommt eilend wieder)*.

Ach Schwester Portia! O Anblick voller Not!
Was wir bisher besorgt, das ist nunmehr geschehen!
Er hat sich selbst entleibt!
(Sie fällt in Ohnmacht, und Phenice hält sie.)

PHOCAS.

Kommt, lasst uns selber sehen,
Denn Worte taugen nichts, wo man nichts weiter tut.

PORTIUS *(mit bebender Stimme)*.

Umsonst! Ihr kommt zu spät: Er lag schon voller Blut,
Als ich ins Zimmer kam. Ich hub ihn von der Erden,
Und satzt ihn in den Stuhl. Er schien schon blass zu werden,

Als er ganz matt und kalt die Augen nach mir schlug,
Und seine Freunde noch zu sehn Verlangen trug:
Die Diener bringen ihn zu euch hieher getragen!
Und weinen insgesamt, den Unfall zu beklagen.

PORTIA.

O Himmel! steh mir doch in dieser Stunde bei,
Dass ich ihm wenigstens im Tode dienstbar sei.

Der achte und letzte Auftritt

Cato. Portius. Phocas. Portia. Phenice. Artaban.

ARTABAN.

Das ist nun dein Triumph! So Cäsar, kannst du siegen!

PHOCAS.

Nun ist es aus mit Rom, so hoch es auch gestiegen.

PORTIUS.

Mein Vater! sterbt doch nicht.

CATO *(den man getragen bringt).*

So weit, hier setzt mich her.
Getrost, mein Sohn, getrost! Das Reden fällt mir schwer.
Tritt näher, Portius. Wie stehts mit unsern Freunden?
Sind sie schon eingeschifft? Entkommen sie den Feinden?
Sprich, ob ich ihnen sonst noch irgend dienen kann?
Du aber, rufe nie den Feind um Gnade an.
Versäume niemals was, die Freiheit Roms zu retten;
Itzt folgt sie mir ins Grab! Ich sterbe sonder Ketten,
Und bin recht sehr erfreut, dass, da ich frei gelebt,
Ich noch ein Römer bin, indem man mich begräbt.
Dem Beispiel folge nach! Du stammst aus meinem Samen,
Befleiße dich denn auch dem Cato nachzuahmen!
(Er umarmt ihn.)

Gehab dich wohl mein Sohn! Du aber, Portia,
Die ich vorlängst verlor, itzt wenig Stunden sah,
Und wiederum verlier. Gedenke meiner Liebe,
Und folg in allem Tun dem tugendhaften Triebe,
Der dich bereits erfüllt. Beweine nicht mein Grab;
Rom, Rom, dein Vaterland dringt dir die Tränen ab!
Verdamme Cäsars Glut, die dich zur Sklavin machet,
Und weil was Römisches in deiner Brust erwachet,
So wähle künftig mir den Held zum Tochtermann,
Der den Tyrannen straft und Rom befreien kann.
Umarme mich, mein Kind! Ihr Freunde, seht mich
sterben!
Ihr seufzet? Tut es nicht! Beweinet Roms Verderben!
Lebt wohl und Rom getreu. Ihr Götter! hab ich hier
Vielleicht zu viel getan: Ach! So vergebt es mir!
Ihr kennt ja unser Herz, und prüfet die Gedanken!
Der Beste kann ja leicht vom Tugendpfade wanken.
Doch ihr seid voller Huld. Erbarmt euch! – Ha!

ARTABANUS.

Er stirbt!

PHOCAS.

O Schmerz! O harter Fall! Der größte Mann verdirbt,
Den jemals Rom gesehn! Das Ebenbild der Götter,
Und hätten sie gewollt, des Vaterlandes Retter.

PORTIUS.

Kommt, tragt den toten Leib vor Cäsars Angesicht,
Wer weiß, ob ihm nicht noch sein hartes Herze bricht;
Wenn er den Helden sieht in seinem Blute liegen.

ARTABANUS.

O Rom! Das ist die Frucht von deinen Bürgerkriegen!

Zu dieser Ausgabe

Alle in diesem Band vereinigten Texte gehen auf die Erstdrucke zurück. Der Dramentext auf die erste Auflage aus dem Jahre 1732. Die Widmung an Gottfried Lange und Fénélons *Gedanken von der Tragödie*, die in der Erstausgabe des *Cato* enthalten sind, wurden zugunsten anderer Schriften weggelassen.

Die wahrscheinlich von Stolle selbst verfassten und nicht nur von ihm an Gottsched übermittelten *Eines ungenannten sterbenden Cato* und Gottscheds *Bescheidene Antwort auf die vorhergehenden Critischen Gedanken über den sterbenden Cato* sind zuerst erschienen in den *Beyträgen zur Critischen Historie der deutschen Sprache, Poesie und Beredsamkeit*, hrsg. von einigen Mitgliedern der Deutschen Gesellschaft in Leipzig, Bd. 2, Leipzig 1733, S. 39–68. Beide Aufsätze sind später noch dreimal gedruckt worden, in der 2., 3. und 10. Auflage des *Sterbenden Cato* (1735, 1741, 1757).

Pyras *Untersuchung der innern Einrichtung des teutschen Cato, nach den Regeln des Aristoteles* bildet das II. Stück einer *Fortsetzung des Erweises, daß die G*ttsch*dianische Sekte den Geschmack verderbe*, Berlin 1744, S. 63–92. Diese Streitschrift, in der Pyra sich in dem Literaturstreit zwischen Gottsched und den Schweizern nach anfänglicher Unentschiedenheit eindeutig auf die Seite von Bodmer und Breitinger stellt, war gegen die von Gottsched inspirierten *Bemühungen zur Beförderung der Critik und des guten Geschmackes*, den sogenannten *Hällischen Bemühungen*, gerichtet, die in Halle von 1743 bis 1747 publiziert wurden.

Die Orthographie wurde behutsam und unter Wahrung des Lautstands nach den gültigen amtlichen Regeln modernisiert. Die Interpunktion folgt bis auf wenige Ausnahmen der Vorlage: In V. 1333 wurde »geh Tyrann?« in »geh Tyrann!« korrigiert; in V. 1436 »der Augen-Strahl« in »der Augen Strahl«. Zwei aufeinanderfolgende Doppelstriche werden als ein Gedankenstrich dargestellt, drei aufeinanderfolgende Doppelstriche als Auslassungspunkte. Die wenigen Abbreviaturen wurden aufgelöst. Umlaute erscheinen typographisch nicht mit übergeschriebenem e, sondern als ä, ö und ü. Fehlende Umlaute bei Großbuchstaben wurden stillschweigend ergänzt, ebenso diakritische Zeichen bei fremdsprachigen Ausdrucken. Schriftwechsel in der Vorlage – bei Namen zumeist von Fraktur zur Schwabacher, bei fremdsprachigen Ausrücken von Fraktur zur Antiqua – werden einheitlich kursiv wiedergegeben. Offensichtliche Satzfehler, etwa Verwechslungen von m und n, versehentlich am Versende gesetzte Schlusspunkte innerhalb von Sätzen oder Doppelpunkte am Satzende wurden stillschweigend korrigiert. Prominente Anreden im Pluralis Majestatis wurden, entgegen der Vorlage, grundsätzlich großgeschrieben. Die Einrichtung der Sprecherangaben sowie der szenischen Anweisungen wurde nach den verlagsüblichen Konventionen vereinheitlicht, der Text mit einem Zeilenzähler versehen.

Die Horaz-Übersetzungen in den Anmerkungen zur *Bescheidenen Antwort* sind in der Übertragung der *Ars poetica* von Gottsched in der *Critischen Dichtkunst* (4. Auflage, Leipzig 1751) entnommen worden, die Corneille-Übersetzungen der im 1. Teil der *Deutschen Schaubühne* erschienenen Übertragung von Gottfried Lange, außer in der Fußnote 5.

Das Lesartenverzeichnis enthält nur die bedeutenderen Abweichungen. Rein lautliche Änderungen (»*fleuch*« in »*flieh*«) blieben gänzlich unberücksichtigt, ebenso diejenigen, die durch die Umwandlung der Anredeform »*Ihr*« in »*du*«, seit der 4. Auflage, bedingt sind.

Lesarten

4. Auflage, 1742 (= 1. Aufl. Deutsche Schaubühne):

Vers: 17 *entfärbst.* 54 *gekränktes.* 116 Zwie*spalt.* 119 zu *dir, o Held.* 122 Raserei *dies Band erzwingen.* 145 *vermisset.* 155 *wenn sich dein Geist* besinnt. 160 *durchaus* umringt. 164 *brachte dir bestürzt.* 167 *Indem ich Portie.* 170 *Allerdings!* Du siehst mich. 171 als dich *mein Wort.* 204 *viel* Guts (vgl. 1660). 218 erlaubt es *nicht, und.* 231 *Nur bloß* die Königin. 258 *Verwirf das Mittel nie.* 279 *Dies ist und bleibt mein Schluss.* Geh. 314 Ich weiß es, *zweifle nicht.* 383 Was *schont* man. 385 *kaum* verlangen. 405 Wohlan, *ich will hinfort.* 406 *tut.* 425 f. Sein Anblick wirkt in mir / *Viel Ehrfurcht für dies Haupt. Mich dünkt, ganz Rom ist hier.* 430 (Domitius:) *Warum nicht.* 434 bessre *Wirkung.* 438 ein *Bürger Roms* zu. 461 *Zwar* steht ihm Cato bei; *jedoch.* 497 *Verstellter Worte Fluss.* 525 *verschweren sich zugleich.* 539 Will mich *aus Utica durch Hinterlist.* 574 mein *Ungemach.* 585 *schaden* kann. 628 vom *Haupte.* 634 *Es regt das warme Blut sich auch in Brüdern schon.* 668 *Arsenen sollst du selbst.* 683 *Ja, Cato sterbe nur.* 703 *Die Wollust soll.* 707–710 (von Domitius gesprochen), 707 *Ja, Herr, sie weiß es schon.* 718 *Wenn mich die Welt mehr scheut als Liebe zu mir hat.* 725 *Ich selber.* 739 *Mich dünkt, ich habe dich bei Hofe schon.* 745 f. *Arsenen stund gewiss kein mindrer Sieger an.* / … wenn *ichs gestehen kann.* 754 *neideten mein täglich wachsend Glück.* 770 *deinen Augen* steh. 777 du hassest *Cäsarn.* 798 *Zur Feindschaft gegen das,* was mir am liebsten. 806 *Vielleicht,* dass. 917 *Ich mache wirklich Rom.* 932 *Verderben.* 938 sich *nur* in. 967 *Vielleicht gedenkest du.* 997 her, *allein, du zeigst es schlecht.* 1002 *Doch wisse, dass ihr Tun nur Huld und Sanftmut ist.* 1026 *Drum schone Ruhm und Blut.* 1032 *so schändlich* zu verraten. 1036 *die Herrschaft.* 1055 *dir nicht zum Fall gedeihen.* 1061 *Dass ich nicht angemerkt.* 1075 f. wider-

stunden, / ... so voller Schmach befunden. 1077 f. und *hob sich mehr empor. / ... hervor.* 1098 f. dünkt, *es wüsste noch zur Zeit / Dies niemand außer dir.* 1105 f. *Wiewohl du irrest dich! ... / So ist es doch umsonst.* 1131 Prinzessin, *deine Gunst.* 1144 *verstellt allhier zu kennen.* 1148 *vielen Schmerz.* 1151 *des liebsten Vaters* Zeilen. 1183 *Besieg als Römerin und Tochter.* 1413 Daselbst *empfängt.* 1414 Der Tugendliebe *Preis.* 1416 *Da stimmt der Helden Zahl, die sonst.* 1424 *unsers Grabes Nacht.* 1448 *führet.* 1451 *Mein Geist verlacht dies.* 1457 *meine Brust.* 1490 aus *treuer.* 1543 *weiß ... zu wachen.* 1547 *Vielleicht gelingt es ihm.* 1574 *Was Catons Antwort ihm für.* 1589 *Geräusch.* 1627 *Denk meiner Vaterliebe.*

6. *Auflage, 1746* (= 2. *Aufl.* Deutsche Schaubühne):

167 *Da wars, wo ich mein Kind, die Porcia verlor.* 210 *Der Parther* Königin. 670 *Das Schloss von Utica, ja selbst die Stadt in Brand.* 754 Die *Großen.* 822 *getrennet* hält. 1023 Glück *verkehrt sich* stets. 1047 f. *Wohlan! Gedenk an mich; ich werde dich nicht scheuen! / ... Der Stolz soll dich gereuen.* 1101 *Hat sie dich auch bestrickt.* 1144 *beschimpfet hier.*

10. *Auflage, 1757:*

99 *Verdammtes* Bühnenstück. 169 Wie? *Freund.* 204 viel *Heil* (vgl. 1660). 211 *kämpft ... für.* 265 (neu eingefügt:) *Den blinden Pöbel mag der Vögel Flug belehren! / Ein Weiser muss das Wort der wahren Weisheit hören: / Die da am lautsten spricht, wo Freiheit und das Recht / Die Unterdrücker straft und die Tyrannen schwächt. / In meiner Brust hat sie von Kindheit an gesprochen; / Hier ist ihr Heiligtum, das keine Macht zerbrochen. / Hier sitzt die Tugend selbst, anstatt der Pythia, / Und spricht prophetischer als Delphis jene sah. / Die* lenkt. 380 ff. *Um Cä-*

sarn kundzutun, ich käm ihm beizustehn. / Noch mehr, mich seiner Huld noch würdiger zu machen. / Ich liefre Catons Kopf mit meiner eignen Hand. Der sei von meiner Treu ein sichres Unterpfand! / Doch so. 410 *Er selbst verhieß es mir, weil du nach ihm gefragt.* 439 f. *Den Consul muss man ehren! / Was? Consul? Sprich, Tyrann, der Staat und Recht will stören.* 442 *Durch freier Bürger Wahl das Consulat vertraut.* 512 die *Unterwelt* beschieden. 515 *Umsonst,* Domitius. 601 aller *Neigung.* 629 *trauren.* 675 *Das Heer* wird *durch das.* 695 *schwerlich* glücken. 739 *in Asien* gesehen. 772 lauter *Zorn.* 808 Erklären *sich … / Und dich zur.* 816 *Sein unerweichter* Sinn. 933 *Dein Stolz.* 1082 f. *Und wage … / Mein Degen ist gewetzt,* um. 1131 *Wie? Cäsar,* deine Gunst. 1134 Cäsars *Neigung.* 1144 *beflecket.* 1194 bestürzt? *Entschleuß und fasse dich.* 1261 *Kann eine Königin auch Catons Tochter sein.* 1361 was *Rom.* 1453 *blässer.* 1532 sein *Wesen.* 1597 den *Laut.* 1618 *ruf den Feind nie um Vergebung an.* 1646 sein *Herz vor Wehmut.*

Anmerkungen

Vorrede

9,6 f. *Dresdenischen Hofkomödianten:* Die von Karl Ludwig Hofmann geleitete Truppe.

9,23 f. *damaligen Prinzipal der Komödie:* K. L. Hofmann.

10,4 f. *ersten Auflage...drucken lassen:* Die Übersetzungen des Schäferspiels und der *Gespräche* erschienen 1727.

11,21 f. *andern Prinzipal...nebst...Ehegattin:* Johann und Karoline Neuber.

12,5 f. *einem weit geschicktern Poeten:* Gottfried Lange. Seine Übersetzung erschien 1699. Ihm ist der *Cato* gewidmet.

12,13 *einem vornehmen Ratsgliede in Nürnberg:* Christoph Fürer. Die Übersetzungen erschienen 1702.

12,17 f. *Übersetzung der Iphigenia aus dem Racine:* 1734 erschienen; vgl. *Schaubühne* 2. Teil.

12,20 f. *der eine:* Johann Friedrich von Heynitz.

12,21 f. *der andre:* Adolf Bernhard Pantke.

15,24 f. *Quae convenere in Andriam ex Perinthia, / Fatetur transtulisse atque usum pro suis.* »Was nun aus der ›Perinthia‹ für die ›Andria‹ passt', nahm er herüber, gibt er zu, und brauchts als eigen.« (Vorrede zur ›Andria‹, Übersetzung von V. von Marnitz.)

15,29 f. *Habet bonorum exemplum: quo exemplo sibi / Licere id facere, quod illi fecerunt, putat.:* »Vorbilder hat er, treffliche, nach deren Vorbild er glaubt, er dürft' es machen, wie jene es gemacht.« (Vorrede zum *Heautontimorumenos*, Übersetzung von V. von Marnitz.)

16,13 f. *in den Beyträgen zur Critischen Historie der Deutschen Sprache... mitgeteilet worden:* 12. 1. Bd. S. 99 ff.

21,10 *Ens entium miserere mei!:* »Wesen der Wesen erbarme dich meiner!«

Sterbender Cato

131 *Turn*: Turm.

380 *mit nächsten*: demnächst.

Zeittafel

1700	2. Februar: Johann Christoph Gottsched in Juditten bei Königsberg als Sohn des Dorfpfarrers Christoph Gottsched geboren.
1714	Besuch der Universität Königsberg. Theologie-, später Philosophenstudium.
1723	Magisterprüfung (Philosophie).
1724	Flucht vor preußischen Werbern nach Leipzig.
1725/26	*Die vernünftigen Tadlerinnen*, 2 Bände (Zeitschrift).
1726	Gottsched wird Senior der »Deutschübenden-poetischen Gesellschaft« in Leipzig. Fontenelles *Gespräche von mehr als einer Welt* (Übersetzung).
1727	Beginn der Zusammenarbeit mit der Neuberschen Theatertruppe. Umwandlung der »Deutschübenden-poetischen Gesellschaft« in die »Deutsche Gesellschaft«.
1727/28	*Der Biedermann*, 2 Bände (Zeitschrift).
1730	Gottsched wird außerordentlicher Professor für Poesie. – *Versuch einer Critischen Dichtkunst vor die Deutschen*, 4. Auflage 1751.
1731	Herbst: Erstaufführung des *Sterbenden Cato.*
1732	Erscheinen des *Sterbenden Cato*, 10. Auflage 1757. – Racines *Iphigenia* (Übersetzung); aufgeführt schon 1730; gedruckt auch in der *Deutschen Schaubühne*, 2. Band.
1732–44	*Beyträge zur Critischen Historie der Deutschen Sprache, Poesie und Beredsamkeit*, 8 Bände (Zeitschrift).
1734	Gottsched wird ordentlicher Professor für Logik und Metaphysik. – *Erste Gründe der gesamten Weltweisheit, darinnen alle philosophische Wissenschaften in ihrer natürlichen Verknüpfung in zween Teilen abgehandelt werden*, 8. Auflage 1778.
1735	19. April: Hochzeit mit Luise Adelgunde Victorie Kulmus, in Danzig.
1736	*Ausführliche Redekunst, nach Anleitung der alten Griechen und Römer, wie auch der neueren Ausländer*, 5. Auflage 1759. – *Gedichte*, 2. Auflage 1751.

1738 Gottsched tritt aus der *Deutschen Gesellschaft* aus.

1740–45 *Die Deutsche Schaubühne, nach den Regeln der alten Griechen und Römer eingerichtet*, 6 Teile, 2. Auflage 1746–50. – Neben dem *Sterbenden Cato* und der *Iphigenia*-Übersetzung erschienen folgende Werke von Gottsched in dieser Sammlung zum ersten Mal: *Atlanta* (Schäferspiel), 3. Band; *Agis, König zu Sparta* (Tragödie), 6. Band; *Die parisische Bluthochzeit* (Tragödie), 6. Band, und die Übersetzung von Saint-Evremonds Komödie *Die Opern*, 2. Band.

1741–44 *Baylens Wörterbuch* (Übersetzung, unter Mitarbeit von Gottscheds Frau und anderen), 4 Bände.

1744 Leibniz, *Theodicee* (Übersetzung).

1745–54 *Neuer Büchersaal der schönen Wissenschaften und freien Künste*, 10 Bände (Zeitschrift).

1748 *Grundlegung einer Deutschen Sprachkunst. Nach den Mustern der besten Schriftsteller des vorigen und jetzigen Jahrhunderts abgefasset*, 6. Auflage 1776.

1749 Reise des Ehepaars Gottsched nach Österreich. Empfang bei Maria Theresia.

1750 *Neueste Gedichte.*

1751–62 *Das Neueste aus der Anmutigen Gelehrsamkeit*, 12 Bände (Zeitschrift).

1752 *Reineke der Fuchs* (Übersetzung ins Hochdeutsche).

1754 Auszug aus Batteux' *Schönen Künsten aus dem einzigen Grundsatze der Nachahmung hergeleitet* (Übersetzung).

1757–65 *Nötiger Vorrat zur Geschichte der deutschen dramatischen Dichtkunst*, 2 Bände.

1762 26. Juni: Luise Adelgunde Victorie Gottscheid gestorben.

1765 1. August: Hochzeit mit Ernestine Susanna Katharina von Neunes.

1766 12. Dezember: Johann Christoph Gottsched gestorben.

Auszüge aus der zeitgenössischen Diskussion über Gottscheds Drama

[Gottlieb Stolle]

Eines ungenannten Gönners kritische Gedanken über den *Sterbenden Cato*

Ich werde sowohl als alle, die den Vorteil, den wir Deutschen durch das Wachstum unserer Poesie erhalten, lebhaft erkennen, von einem herzlichen Vergnügen gerühret, dass der in diesem Stücke billig berühmte Herr Prof. Gottsched der tragischen Poesie durch den deutschen *Cato* die Bahn brechen wollen. Wäre ich willens, ihm die verdiente Lobrede aufzusetzen, so sollte es mir an nichts weniger als sattsamen Gründen dazu fehlen. So sehr ich aber von diesen jetzt verschwiegenen Vollkommenheiten eingenommen werde, so hindert doch auch solches mich nicht, dass ich nicht gestehen sollte, dass ich hier und da etwas wahrgenommen, welches ich als kleine Unvollkommenheiten ansehe. Es bestehen dieselbe kürzlich hierinne.

1) Deucht mich, der Herr Verfasser habe es sich allzu sehr merken lassen, dass er die Regel des Theaters beobachten wollen, nach welcher man sich hüten soll, dass sich die Handlung niemals in einer leeren Szene verlieren möge. Um dieses zu vermeiden, heißt es fast immer: »Doch (z. E.) Cato kömmt bereits; dieser oder jener erscheinet«; wie dann in der ersten Handlung der 2., 3., 5., in der andern Handlung der 3., 4., in der dritten der 2., 3., 4., in der vierten der 2., 3., 5. [Auftritt] durch solche Formeln mit dem vorhergehenden verknüpfet ist. Die fünfte Handlung gefällt mir in diesem Stücke ungemein. Der nötige Zusammenhang ist deutlich genug in der Sache selbst zu sehen, und dass dieser oder jener kommt, ist gleichwohl niemals zu sehen.

2) So ist es auch nach den Regeln notwendig, dass man den Charakter der Personen, sonderlich des Haupthelden, bald zu erkennen gebe. Dieses tut Arsene, welche der Phenice den Cato nach seiner völligen Gemütsbeschaffenheit abmalet. Weil aber dieses geschieht, da ihnen der Cato schon zu Gesichte kommt und die Rede von ihm doch ziemlich lang währet, so wird es unwahrscheinlich, dass Cato, der in den Saal kommt, nichts davon gehöret und sie sollte Zeit gehabt haben, ihn also abzumalen.

3) So kommt es sowohl mir als noch dreien Freunden, denen ich diese Tragödie vorgelesen, für, als wann Cäsar, wo nicht größer, doch ebenso groß als Cato charakterisieret sei. Cäsar scheint billiger als Cato. Man tadelt gleichsam bei sich selbst den Cato, dass er so eigensinnig alles verwirft und dem so schön vorgestellten Cäsar mit solcher Grobheit begegnet. Als zum Exempel: Im dritten Aufzug der vierten Handlung fraget Cäsar, was der Rat der Römer in Utica wünschete. Und der Ausdruck ist sehr freundlich abgefasset. Cato aber antwortet:

Dir, was du ihm gedroht,
Das ist, den Untergang, wo nicht, sich selbst den Tod.

Diese Antwort habe ich, sooft ich die Tragödie überlesen, nicht billigen können und habe gefunden, dass, sooft ich sie Fremden vorgelesen, sie allemal gemeint haben: Es wäre kein Wunder, dass Cäsar die Geduld verloren hätte.

Was das anbelangt, dass Cäsar und Cato gleich groß dargestellt werden, so kann in eben besagter Szene Folgendes eine Probe sein.

Cato, spricht er, wolle »morgen früh« mit der Besatzung einen Ausfall gegen die Belagerer tun und in ihrem Lager Mord und Verheerung ausbreiten.

Cäsars Antwort zeiget hierauf alle Größe Catonis, und im

Verfolg derselben ist eine solche Rechtfertigung seines Tuns, dass man fast dem Cäsar mehr Glück gönnet als den Belagerten. Es heißt:

Meint Ihr, dass Cäsars Macht
Euch nicht bestürmen kann, eh Ihr vom Schlaf erwacht?
Mein Vorsatz war bisher, der Römer Rest zu schonen;
Allein, da Stolz und Grimm so reichlich bei Euch wohnen
Als schwach die Kräfte sind: So seid Ihr schuld daran,
Wann ich die Blitze nicht zurückehalten kann.

Es scheint mir, als wenn man vom Cäsar und Cato sagen könne, was von dem Alexander und Porus des Racine in Frankreich geurteilet ward:

César est trop grand pour Caton, ou Caton ne l'est assez pour César, et ni l'un ni l'autre ne connaissent pas la véritable grandeur.[1]

Dann Cäsar ist herrschsüchtig und Cato gar zu eigensinnig. Zu geschweigen, dass sein Selbstmord nur wenige zum Mitleiden beweget, die meisten aber ihn deswegen tadeln müssen.

4) Pharnaces und Portius sind in ihren Ausdrücken zuweilen etwas niedrig: Wie mir dann die beiden ersten Verse in der ersten Handlung sehr matt vorkommen, indem sie erstlich beide einerlei sagen und hernach der letzte gar zu gemein klingt. Portius aber, der doch sonsten so schön dargestellet wird,

1 »Cäsar ist im Vergleich zu Cato zu groß, oder Cato ist im Vergleich zu Cäsar nicht groß genug, und weder der eine noch der andere kennt die wahre Größe.« – Den Vorwurf, Porus in Racines *Alexandre le Grand* sei größer als Alexander, hatte unter anderem Saint-Evremond erhoben.

spricht in der allerletzten Szene etwas, welches er, meinem Bedünken nach, auch nicht hätte sagen sollen. Er will die Leiche seines Vaters für Cäsars Angesicht getragen haben, um ihn zur Erbarmung zu bewegen. Und indem er dieses sagt, so folgt daraus, dass er die Vermahnungen seines sterbenden Vaters, Szene 8 der 5. Handlung:

Du aber rufe nie den Feind um Gnade an,

schon müsse vergessen haben. Meines Erachtens wäre es dem Sohne Catons anständiger gewesen, wenn er nach desselben Erinnerung:

Versäume niemals was, die Freiheit Roms zu retten,

den Rest seiner Freunde zur Herzhaftigkeit aufgemuntert, sich der eingelaufenen Nachricht vom Pompejo zunutze zu machen und, im Fall ihm alles fehlschlagen sollte, dem Vater auch im Sterben nachzuahmen versprochen hätte.

5) Es tadelt der Herr Verfasser des deutschen ›Catons‹ den Verfasser des englischen, dass in demselben die Personen abgingen und kämen, ohne dass man wüsste warum. Es kommt mir aber vor, als wenn ihm dieser Umstand auch einmal wie seinem Vorgänger entwischt sei, nämlich Akt II, Szene 5 redet der Portius die Arsene in sehr heftiger Bewegung an:

Prinzessin, sorgt nur nicht vor Eure Sicherheit.
Wenn alles Euch verlässt, ist Portius bereit
Und folgt des Vaters Spur, die Unschuld zu beschützen.
Befehlt, so soll mein Stahl vor Eure Wohlfahrt blitzen.

Arsene aber kehrt gleichsam statt der Antwort diesem mutigen Verfechter ihrer Sicherheit den Rücken und nimmt ihren Abtritt. Von diesem stillen Abschiede weiß ich keinen Grund zu finden, so sehr ich auch nachgedacht habe.

6) Es deucht mich endlich, als wenn Cato selbst einmal von seinem Charakter abwiche. Es geschieht dieses Szene 3, Akt I, wo er die Nachricht bekommt, dass seine Tochter noch lebe, und bei Anhörung dieser Nachricht in vier affektuöse Fragen ausbricht:

Wie? Was? Mein Kind am Leben?
Was sagst du?

Es scheint mir, als wann dieser abgebrochene Ausdruck viel zu viel Bewegung anzeige als sich vor den Cato schicke, der bei dem Anblick seines toten Sohnes mehr freudig als traurig ist.

Dieses ist das Wenige, welches [ich] in der Durchlesung des sonst trefflichen *Catons* angemerket habe, welches aber in Ansehung der übrigen Trefflichkeiten gar nichts vorstellt und auch leicht übersehen wird.

P. S: Was die Einrichtung der Verse betrifft, so heißt es sehr oft *Ihr* anstatt *du*. Nun aber erinnere ich mich, in einer Schrift des Herrn Professor Gottscheds gelesen zu haben, dass er selbst verteidigte, man solle sich, wann man auch ungebundene Gespräche schriebe, lieber des lateinischen *du* bedienen, als dass man nach Art der heutigen Deutschen und Franzosen im Plurali rede, als wenn man ein halb Dutzend Personen anrede. Ich glaube also, dass er in dem poetischen Gespräche des *Cato* sich mit vollem Recht des *du* beständig bedienen können. Zumal da es Römer sind, die miteinander sprechen.

Johann Christoph Gottsched
Bescheidene Antwort auf die vorhergehenden kritischen Gedanken über den *Sterbenden Cato*

Es ist ein besondres Glück vor dieses Trauerspiel, dass es in die Hände so gelehrter Kenner von Gedichten geraten ist, und noch ein größeres, dass es einigermaßen Beifall bei ihnen gefunden hat. Ich bin daher demjenigen gelehrten Manne, der sich die Mühe gegeben, seine und seiner Freunde Gedanken davon aufzusetzen und mir zukommen zu lassen, überaus verbunden: Wie ich denn auch Sr. Hochedlen, Herrn Prof. Stollen, viele Erkenntlichkeit schuldig bin, der mir solche gütigst zuzusenden die Gewogenheit gehabt. Ich habe niemals gedacht, dass irgendein großes episches oder theatralisches Gedichte ohne alle Fehler zustande gebracht werden könne. Die menschliche Unvollkommenheit lässt solches kaum in kleinen Gedichten, von einem Bogen, zu, geschweige denn in solchen weitläuftigen Werken. Selbst Homerus, der doch nach aller Kritikverständigen Urteil an seiner *Ilias* und *Odyssee* rechte Meisterstücke gemacht und selbst vom Horaz fast durchgehends bewundert wird, muss es leiden, dass ebendieser gesteht, dass er zuweilen matt werde oder einschlafe. Allein, er setzt auch zu dessen Entschuldigung gleich den Vers hinzu:

Verum operi longo fas est obrepere somnum.[1]

Ja, kurz vorher hat er überhaupt angemerket, dass es gewisse Fehler gibt, die man gern übersieht, wenn nur das Meiste in einem Gedichte wohl geraten ist.

1 »Obwohl es leicht geschieht, / Das ein so langes Werk den Schlummer nach sich zieht.«

Sunt delicta tamen, quibus ignovisse velimus:
Nam neque chorda sonum reddit quem volt manus et mens,
Poscentique gravem persaepe remittit acutum,
Nec semper feriet quodcumque minabitur arcus.
Verum ubi plura nitent in carmine, non ego paucis
Offendar maculis, quas aut incuria fudit
Aut humana parum cavit natura.[2]

Dieses scheint mein gelehrter Aristarchus[3] selbst vor Augen gehabt zu haben, da er meinen *Cato* seiner Beurteilung gewürdiget: Ja, ich glaube, dass er, aus gar zu großer Güte gegen diesen tragischen Versuch, noch manchen weit wichtigern Fehler übersehen habe. Wenn ich mirs also vorsetze, demselben auf die gelehrten Anmerkungen, so er mir mitteilen wollen, zu antworten, so geschieht es gar nicht in der Absicht, als ob ich mich ganz weiß brennen und alles vor Schönheiten ausgeben wollte, was er getadelt hat. Nein, so groß ist meine Selbstliebe nicht. Ich weiß, dass ich sowohl, ja vielleicht noch eher, als ein anderer fehlen kann, werde es auch hier gestehen, wo ich mich dessen überzeugt finden werde. Doch wird es mir erlaubt sein, eins und das andre zu meiner Entschuldigung anzuführen und bei der Gelegenheit manches beizubringen, was zu Beförde-

2 »Zwar Dichter fehlen auch; und man verzeiht es leicht, / Indem die Saite doch nicht stets den Ton erreicht, / Den Hand und Ohr verlangt. Es soll oft niedrig klingen: / Doch lässt die Leute gar den höchsten Ton erzwingen. / Ein Bogen trifft nicht stets, wornach er abgezielt. / Allein, wenn ein Poet dem Phöbus nachgespielt / Und seine Lieder uns fast durch und durch gefallen, / Dann mag nur hier und da was Hartes drunten schallen. / Es geht ganz menschlich zu. Wie leicht ist es geschehn, / Dass wir zu sorglos sind und irgendwas versehn!«

3 Aristarchus von Samothrake, bedeutender alexandrinischer Grammatiker. Berühmt sind seine kritischen Homer-Auslegungen.

rung des Geschmacks von theatralischen Gedichten bei unsern Deutschen etwas beitragen kann.

Der erste Punkt, den man mir vorrückt, ist so ungegründet nicht. Es kann leicht kommen, dass man aus einem entgegengesetzten Fehler in dem andern fället. Horaz spricht:

In vitium ducit culpae juga, si caret arte.[4]

Ich gestehe es, dass ich eine ähnliche Verbindung der Auftritte gar zu oft wiederholet habe: Und dieses ist es, was sie zum Fehler macht. Denn an sich selbst ist es kein Verbrechen, dass eine Person, die von weitem eine dritte kommen oder erscheinen sieht, zu der andern, mit der sie redet, sagen kann: »Doch ich sehe, dass dieser oder jener zu mir kommt, auf den ich warte oder der dieses, wovon wir sprechen, nicht hören soll« und dergleichen. Ich kann dieses mit unzählichen Exempeln der besten tragischen Poeten erweisen. Z. E. Corneille im *Cid* lässt Elviren, die mit dem Roderich spricht, in der III. Handlung am Ende des 1. Auftritts bei Erblickung der Chimene, die von weitem kommt, so sagen:

Elle va revenir; elle vient, je la voi:
Du moins, pour son honneur, Rodrigue, cache-toi.[5]

In derselben Handlung, am Ende des 5. Auftritts, spricht Don Diego, als er seinen Sohn Roderich kommen sieht:

4 »So leicht ist es geschehn, auch wenn man sich bemüht, / Von Fehlern frei zu sein, dass sich der Kiel versieht.«

5 »Sie wird zurückkommen; sie kommt, ich sehe sie: wenigstens um ihrer Ehre willen verstecke dich, Rodrigo.«

Rodrigue ne vit plus, ou respire en prison.
Justes cieux! me trompé-je encore à l'apparence,
Ou si je vois enfin mon unique espérance?
C'est lui, n'en doutons plus; mes voeux sont exaucés,
Ma crainte est dissipée, et mes ennuis cessés.[6]

Im ersten Auftritte der IV. Handlung spricht gleichfalls Elvire zur Chimene bei Ankunft der Infantin:

Modérez ces transports, voici venir l'infante.[7]

In dem folgenden vierten Auftritte kömmt gar Don Alonse, die Ankunft der Chimene gleich in der ersten Zeile zu vermelden, ob sie selbst gleich erst in der fünften Handlung erscheint. Es heißt:

Sire, Chimène vient vous demander justice.[8]

Endlich im 4. Auftritte der V. Handlung sieht Chimene, am Ende, den Don Sanche kommen und ruft bestürzt:

Que vois-je, malhereuse! Elvire, c'en est fait.[9]

6 »... seine tapfre Brust hinwiederum durchstochen. / Wer weiß, ob Rodrich nicht durch nie erhörte List / als ein Gefangner schon wohin geführet ist! / Doch darf ich mir denn wohl und meinen Augen trauen, / Die meinen größten Trost in jener Ecke schauen? / Ja, ja, er ist es selbst! Nun ist mein Wunsch erfüllt, / Ein einziger froher Blick hat alle Not gestillt.

7 »Seht, die Prinzessin kömmt; weg mit dem Missvergnügen.«

8 »Chimene kömmt und will allhier von neuem klagen.«

9 »Ich Unglückselige! Was seh ich? Er erscheint.«

Ich enthalte mich, mehrere Exempel aus andern Stücken des Corneille oder andrer Poeten anzuführen, weil ein jeder sie leicht selbst nachsehen kann. Ich habe aber mit Fleiß aus dem Corneille, und zwar aus seinem ersten guten Stücke, die obigen Stellen angeführet. Denn es ist gewiss, dass selbiger, als er dieses verfertiget hat, die Regel von dem Zusammenhange der Auftritte noch nicht einmal gewusst, ja, vielfältig dawider verstoßen hat. Wie oft lässt er nicht die Schaubühne leer werden, noch ehe eine Handlung aus ist! Wie oft gehen ein paar Personen weg und es erscheinen ein paar andere, ohne dass man sieht warum. Hat nun Corneille, auch ohne die Regel vom Zusammenhange der Auftritte zu wissen oder beobachten zu wollen, ganz natürlicherweise obige Verse seinen Personen in den Mund legen können: Warum sollte ich es in meinem *Cato* nicht wahrscheinlicher Weise haben tun mögen?

Zudem ist es auch nicht so oft geschehen, als man mich beschuldiget hat, dass ich eben dieselbe Verbindung der Auftritte gebrauchte. Z. E. in der andern Handlung ist der dritte Auftritt nicht dergestalt mit dem zweiten verbunden. Denn der Beschluss von diesem enthält die Antwort des Cato an den Domitius auf den Antrag Cäsars, und Arsene scheinet bei dem Abtritte des Cato ganz von ungefähr dahin zu kommen. Doch vielleicht ist diese Zahl verschrieben, und es hat etwa heißen sollen, »der andere« und vierte Auftritt: Von welchem es allerdings eintrifft. In dem 4. Auftritte der IV. Handlung finde ich diesen Zusammenhang auch nicht. Denn obgleich Domitius zehn Verse vor dem Ende desselben, nach abgestattetem Berichte von dem Tode des Marcus, sagt:

> Mich dünkt, man bringt Euch schon den Leichnam hergetragen,

so ist doch dieses entweder keine Verknüpfung, die der obigen ähnlich wäre, oder man hätte auch aus der fünften Handlung den siebten Auftritt hieher rechnen müssen, wo Portius es den übrigen gleichfalls ankündiget, dass man den Cato hinbringen werde:

Die Diener bringen ihn zu euch hieher getragen!

Da es aber meinem gelinden Richter nicht gefallen, dieses für einen Fehler anzurechnen: So wird jenes auch wohl nicht davor anzusehen sein. Es bleiben also in dem ganzen Trauerspiele nur 10 Auftritte übrig, die auf obgedachte ähnliche Art mit den vorhergehenden zusammenhängen. Und da das ganze Stücke aus 31 Auftritten besteht, so sieht man, dass dieses noch nicht einmal der dritte Teil derselben ist.

Bei dem andern Punkte dünkt es meinem Herrn Kritik-Verfasser, dass der Charakter, den Arsene von dem Cato macht, nachdem sie seiner schon gewahr geworden, zu lang sei und dass er selbst folglich ihre Worte müsse gehöret haben. Sie heißen:

Phenice, siehst du nicht,
Dass seiner Weisheit Strahl durch Schmerz und Kummer bricht.
Bewundre doch den Held! Er hat nicht seinesgleichen,
Die Götter haben ihn mit vielen Unglücksstreichen
Bisher umsonst versucht. Er steht noch immer fest:
Weil ihn sein starker Mut nicht einmal wanken lässt.
Er bleibet gleichgesinnt bei allen ihren Schlägen
Und setzet ihrem Zorn nichts als sich selbst entgegen.

Vors Erste gebe ich abermal zu, dass auf einer engen und kurzen Schaubühne, dergleichen auch die unsrige in Leipzig noch ist, freilich ein Teil der Worte von dem Cato gehöret wird, wenn er allmählich herzukommt. Allein, auf einer größern, dergleichen die Dresdenische Churfürstliche Schaubühne ist, ginge es sehr wohl an, diese Worte auszusprechen, ehe Cato nahe genug käme. Er muss ja eben nicht gelaufen kommen, da er ein so ansehnlicher und zumal ganz kummervoller Mann ist: Und kann also in der Zeit, dass acht Zeilen gesagt werden, schon zehn oder fünfzehn Schritte tun, ehe er zu ihr kommt. Allein, zweitens gesetzt, er hörte einen Teil ihrer Rede: Was wäre es denn für ein Fehler? Vielleicht hat sie ihn mit Fleiß wollen hören lassen, was für einen hohen Begriff sie von seiner Tugend und Standhaftigkeit habe! Das ist ja nicht wider die Wahrscheinlichkeit und pflegt vielfältig zu geschehen. Endlich, drittens, hat auch Arsene nicht allererst am Ende des Auftrittes den Charakter des Cato gemacht. Sie hat ja gleich im Anfange gesagt:

Allhier soll Cato mir den besten Trost erteilen.
Von ihm erwart ich ihn, er ist der große Mann,
Auf den das freie Rom noch einzig bauen kann.
Ihm selbst will ich mein Glück und Leben anvertrauen,
Bei ihm will ich mich frei von so viel Wettern schauern,
Die mich bisher bestürmt.

Es würde also der Regel theatralischer Gedichte noch nicht abgegangen sein, wenn gleich die letzte Beschreibung von der Standhaftigkeit Catons gar ausgeblieben oder doch viel kürzer geraten wäre.

Was den dritten Punkt anlanget, so betrifft derselbe allerdings das rechte Hauptwerk eines Trauerspiels. Ein Poet soll freilich der Hauptperson seiner Fabel einen merklichen Vorzug vor allen übrigen geben und die Zuschauer dergestalt vor dieselbe einzunehmen suchen, dass nachmals das Schrecken und

Mitleiden in den Unfällen derselben desto empfindlicher werde. Wider diese Regel soll ich nun verstoßen haben, und wo dem also ist, so habe ich freilich einen großen Fehler begangen. Nun könnte ich mich zwar auf den Herrn Deschamps berufen, der in seinem *Cato* schon vor mir eben das getan. Allein, es würde mir nichts helfen, wenn ich ein Versehen meines Vorgängers blindlings nachgeahmet hätte. Ich muss mich also mit Gründen schützen und erweisen, dass Cato in meinem Trauerspiele weit größer sei als Cäsar, und wenn ja Cäsar in demselben auch als groß vorgestellet wird, dass doch seine Größe nur die Größe Catons desto mehr zu erheben diene.

Dieses zu bewerkstelligen muss ich zum Voraus setzen, dass die wahre Größe eines Helden in der Liebe seines Vaterlandes und einer tugendhaften Großmut bestehe; die Herrschsucht aber und die mit einer listigen Verstellung überfirniste Tyrannei unmöglich einer rechte Größe sein könne. Z. E. Marcus Aurelius Antoninus soll einen Krieg für die Wohlfahrt und Sicherheit des römischen Reichs führen: Er hat aber kein Geld in der Kasse. Ehe er hier den Römern einen schweren Tribut auferlegt, die Kriegskosten zu bestreiten: So verkauft er lieber seinen eigenen kostbaren Hausrat in einem öffentlichen Ausrufe. Er sieht es ohne Missgunst an, dass Bürger und Edle seinen kaiserlichen Palast leer machen und nachmals mit seinem prächtigen Geräte stolzieren: Wenn er nur ohne ihre Beschwerde den Feind zurückehalten kann. Er schenket ein andermal dem aufrührerischen Cassius das Leben und bittet für seine Frau und Kinder bei dem Rate um Vergebung. Nero hergegen plündert halb Rom aus und führt einen unendlichen Staat. Er belustiget zwar die Stadt mit den prächtigsten Schauspielen, aber es ist von dem Gelde der Erschlagenen und Verbannten. Er will zwar dem Scheine nach kein Todesurteil unterschreiben: Allein, heimlich wünscht er, dass der ganze Rat nur einen Hals hatte. Wer ist nun von beiden größer? Ich weiß, dass kein Mensch sein wird, der nicht des M. Aurelius Armut des Nero seinem Überflusse und jenes ungekünstelte Vorbitte vor seine Feinde der verstellten Weichherzigkeit des andern vorziehen sollte.

In eben den Umständen befinden sich Cato und Cäsar. Jener ist unglücklicher als dieser: Aber desto größer an Eigenschaften. Cäsar fällt mit seiner politischen Gelassenheit mehr ins Auge. Aber es ist nur eine Scheintugend. Es ist lauter Rachgier und Herrschsucht, was ihn treibet. Seine Gnade ist nur Verstellung, um auch damit etliche Widerspenstige unter das Joch zu bringen. Cato hergegen sucht nichts für sich, für Rom hergegen alles. Kann er dieses nicht frei sehen, so will er lieber sterben. Cäsar will ihm Gnade erweisen: Allein, er will von einem Tyrannen keine andre annehmen als die Freiheit seines Vaterlandes. Diese will ihm Cäsar nicht bewilligen, erzwingen kann er sie auch nicht: Darum stirbt er. Ist nicht seine unglückliche Tugend unendliche Mal größer als Cäsars geschminktes und glückliches Laster?

Es ist wahr, dass Cato eigensinnig zu sein scheinet. Allein, das ist eine unentbehrliche Sache, dass der tragische Held, der unglücklich werden soll, einigermaßen an seinem Unfalle Schuld haben muss. So hat Aristoteles uns denselben abschildern gelehret. So haben ihn die alten Poeten der Griechen allezeit gebildet. Hat nicht Ödipus auch an seinem Unglücke einigermaßen Schuld, da er ja in der Tat zu hitzig gewesen, als er seinen Vater erschlagen, wiewohl er ihn nicht gekannt? Hat nicht Orestes an seiner Raserei mit Schuld, da er seine Mutter Klytemnestra ermordet, wiewohl ers auf Befehl eines Orakels tut? Hat nicht Phädra an ihrem Tode Schuld, da sie zuvor ihrer Vertrauten, und zwar in Gegenwart des Chores, ihre verbotene Liebe gegen ihren Stiefsohn Hippolytus entdecket: Ob sie wohl von der Göttin Venus selbst zur Liebe war gereizet worden? So muss denn Cato auch einigermaßen an seinem Unglücke Schuld haben: Und in den Umständen, darin er sich befindet, kann solches bloß durch den Eigensinn geschehen, der in ihm sonderlich von der stoischen Philosophie herzukommen schien, obwohl auch sein Naturell viel dazu mag beigetragen haben. Deswegen aber hört doch das Mitleiden gegen ihn noch nicht auf. Er hat so viel Tugenden an sich, er ist so uneigennützig, so begierig, seinem Vaterlande zu helfen, so standhaft im Unglücke, so großmütig, so redlich, so mitleidig, so gerecht und auch zuletzt so sorgfältig für die Wohlfahrt seiner Freunde, dass man sich unmöglich enthalten kann, ihn hochzuschätzen, ihn zu bewundern, ihn zu lieben, ja, ein Mitleiden mit ihm zu haben, wenn man sieht, dass er bei alle dem Guten, so er an sich hat, dennoch umkommt. Wäre Cato ganz unschuldig und vollkommen ohne Tadel gewesen: So würde man der Tugend einen schlechten Dienst getan haben, wenn man ihn dennoch unglücklich werden lassen.

Ich komme auf den vierten Punkt. Hier wird die Art der Ausdrückungen und Gedanken getadelt, die teils zu niedrig, teils den Personen nicht anständig sein soll. Die Anmerkung ist wichtig, und ich weiß nicht, ob ich mich sattsam werde rechtfertigen können. Es ist freilich eine gemeine Meinung, dass die Schreibart der Trauerspiele die erhabenste und prächtigste sein müsse, die man haben kann. Allein, dieses Vorurteil ist wohl bei den meisten aus dem Lesen des tragischen Seneca entstanden, der freilich allezeit auf Stelzen geht und die gemeinsten Sachen so schwülstig ausdrückt, dass es alle Wahrscheinlichkeit und Natur übersteiget. Es ist daher derselbe von den verständigsten Kunstrichtern längst getadelt worden, und man hat sich mit besserm Rechte die griechischen Tragödienschreiber mit ihrem edlen und ungekünstelten Ausdrucke der erhabensten Gedanken zu Mustern zu nehmen. Selbst die neuern französischen Poeten sind von dem Riccoboni in seiner *Histoire de Théâtre italien* und dem ungenannten italiänischen Skribenten, dessen *Paragone della poesia tragica* Herr

Prof. Bodmer neulich ans Licht gestellet,[10] imgleichen von dem Herrn Becelli in der Vorrede zu der *Merope* des fürtrefflichen Herrn Maffei mit Grunde deswegen getadelt worden. Dass diese, als Ausländer, ihnen darin nicht zu viel getan, bezeuget Fénélon in den *Gedanken von der tragischen Poesie*, die ich am Ende des *Cato* beigefüget habe, als woselbst er seinen Landsleuten eben den Fehler vorrückt. Ein Gleiches hat ihnen der Pierre Brumois in seinem *Théâtre des Grecs* an verschiedenen Orten ausgesetzet. Horaz selbst hat uns längst die Regel gegeben:

Et tragicus plerumque dolet sermone pedestri,
Telephus et Peleus cum pauper et exsul uterque
Proicit ampullas et sesquipedalia verba,
Si curat cor spectantis tetigisse querella.[11]

Der tragische Telephus und Peleus soll also in der niedrigen Schreibart reden, wenn er als ein vertriebener und armseliger Prinz aufgeführet wird. Er soll die hochtrabende Reden und schwülstige Worte wegwerfen, wenn er seinen Zuschauer zum Mitleiden bewegen will. Das hat Seneca nicht geglaubet. Das hat auch Lohenstein nicht beobachtet.

Die wahre Regel der Schreibart ist bloß die Wahrscheinlichkeit und die allgemeine Pflicht des Poeten, die Natur selbst nachzuahmen. Was sagt Horaz?

10 Das Werk stammt von Pietro Calepio und erschien 1732 in Zürich.

11 »Im Klagen senkt sich auch das Trauerspiel mit Recht, / Darum spricht Telephus und Peleus platt und schlecht / Ohn allen Wörterpracht: denn soll man mit ihm weinen, / So muß uns erst sein Schmerz ganz ungekünstelt scheinen.« – Telephus und Peleus waren Personen in verschollenen Dramen von Euripides und Sophokles.

Respicere exemplar vitae morumque inbebo
Doctum imitatorem et vivas hinc ducere voces.[12]

Wie würde sichs nun in der Tragödie schicken, wenn man den jungen Portius so wollte reden lassen als einen erfahrnen und gesetzten Cato oder einen niederträchtigen und boshaften Pharnaz, als einen edelmütigen Cäsar? Es muss doch der Unterschied ihrer Charaktere auch aus ihren Worten hervorleuchten. Die Personen der Tragödie sind nicht sinnreiche Poeten, die so künstlich denken und reden können wie Seneca und Lohenstein. Sie sind ordentliche Menschen, die nach Beschaffenheit ihres Standes, Alters, Geschlechtes, Glückes und Unglückes diese oder andre Sprache führen. Da heißt es denn nach Horatii abermaliger Fürschrift:

Ne forte seniles
Mandentur inveni partes pueroque viriles:
Semper in adiunctis aevoque morabitur aptis.[13]

Dieses mag genug sein, das Erste zu beantworten, da mein Criticus des Portius und Pharnaces Ausdrückungen vor gar zu niedrig gescholten hat. Denn weil er keine besondre Stelle davon anführt, so kann ich auch keine verteidigen. Aber eben das kann auch die ersten beiden Zeilen des ganzen Trauerspiels entschuldigen. Es ist wahr, Arsene macht kein groß Geschrei im Anfange, wie Lohensteins Heldinnen tun.

12 »Wer klüglich bilden will, der schaue die Natur / Und Art des Menschen an und folge dieser Spur: / So wird er fähig sein, sie lebhaft abzuschildern.«

13 »Drum lass den Jüngling nie des Greises Rolle machen; / Kein Greis sei Knaben gleich. Man muss in allen Sachen / Auf das, was sich geziemt, und auf den Wohlstand sehn.«

Non fumum ex fulgore, sed ex fumo dare lucem Cogitat.[14]

Sie redet natürlich, wie eine Prinzessin ihr Kammerfräulein anzureden pflegt:

Phenice, komm nur her, hier will ich mich verweilen;
Allhier soll Cato mir den besten Trost erteilen.

Ist es wohl wahrscheinlich, dass sie als eine bedrängte und in der Fremde verlassene Prinzessin, ohne Vater, ohne Gemahl, ohne Hofstadt, ohne Armee, von dem Cäsar bedrohet, vom Pharnaz geängstet, mit großen Prunkworten auftreten wird, um ihrer Vertrauten zu sagen, dass sie bei dem Cato allein Trost suchen wolle? Sie sagt aber auch in beiden Zeilen nicht einerlei. Die Andre sagt unstreitig mehr als die Erste, indem sie die Ursache enthält, warum sie sich an dem Orte in etwas verweilen wolle.

Was die letzte Szene betrifft, da Portius sich selber nicht ähnlich soll geblieben sein, indem er seine vorige Herzhaftigkeit vergisst und den toten Leib seines Vaters zum Cäsar will tragen lassen:

Kommt, tragt den toten Leib vor Cäsars Angesicht,
Wer weiß, ob ihm nicht noch sein hartes Herze bricht,
Wenn er den Helden sieht in seinem Blute liegen.

So hat es allerdings einen großen Schein; ja, es ist in der Tat so, dass er sich selbst gar nicht mehr ähnlich ist. Allein, darum habe ich noch nichts verloren. Er hat so sein müssen, wenn er Portius, das ist ein Jüngling, und zwar in solchen Umständen,

14 »Hier folgt das Finstre nicht / Auf heller Blitze Glanz; der Dampf erzeugt das Licht.«

als er war, hat sein sollen. Sollte ich ihn denn etwa so gesetzt als seinen Vater gebildet haben? Wie wäre das bei einem Jüngling wahrscheinlich gewesen? Ich müsste nicht gewusst haben, was abermal Horaz sagt, wenn er uns den Charakter der Jünglinge beschreibt. Da hat er in einem einzigen Verse den trotzigen Sinn, die Heftigkeit der Begierden und die Unbeständigkeit zugleich abgeschildert:

Sublimis cupidusque et amata relinquere pernix.[15]

Mein Portius hat alle diese drei Eigenschaften bewiesen. Er ist stolz und trotzig, da sein Vater noch lebt, auf den er sich verlassen kann: Darum begegnet er dem Pharnaz so heftig und höhnisch. Er ist heftig in Begierden, indem er sich in Arsenen verliebt hat und hernach bei entstandenem Tumulte der Erste sein will, der den Pharnaz erlegt. Er ist endlich auch unbeständig in seinen Entschlüßungen: Denn da er sich bei den letzten Lehren seines Vaters am Ende der 4ten Handlung so willig erkläret, dass er ein solches Leben, als ihm Cato vorschreibt, unmöglich hassen könne: So verlässt er freilich am Ende, da ihn der unvermutete Tod des Cato zaghaft macht, diesen löblichen Vorsatz und will lieber den Cäsar in der Güte gewinnen. Er ist also ein vollkommener junger Mensch, so wie die Natur und Erfahrung uns dieselben vorstellet. Und was hätte doch ein unerfahrner Jüngling schon viel auf des jungen Pompeji Armee denken können, da er ja noch einen viel elendern Feldherrn derselben würde abgegeben haben als jener? Ein Cato hätte an ihrer Spitze stehen müssen: Und vielleicht wäre auch dieser dem kriegerischen und glücklichen Cäsar nicht gewachsen ge-

15 »Ist stolz, vor Lust erhitzt / Und kann doch, was er liebt, in kurzem wieder hassen.«

wesen! Portius kannte sich selbst: Darum versprach er nicht mehr, als er halten konnte.

Der fünfte Punkt, den man mir angemerket hat, ist dieser, dass ich nämlich selbst den Fehler begangen, den ich an dem Addison getadelt habe. Indem ich Arsenen in der II. Handlung im 5ten Auftritte einmal weggehen lasse, ohne dass sie sagt warum. Es ist wahr, Arsene hört die Worte des Portius, der sich zu ihrem Verteidiger anbietet, sie sagt nichts dazu und geht ab. Allein, was hätte sie ihm noch antworten sollen, da vielmehr Portius in diesen Worten ihr die Antwort auf ihre vorhin geschehene Bitte und Anklage des Pharnaces gegeben? Sie schloss so:

> Drum kommt und rettet mich und Eures Vaters Ehre
> Und gebt, mein Portius, der Hinterlist die Lehre,
> Dass Rom die Bosheit nicht in Schutz zu nehmen pflegt
> Und keine Königin in Mörderarme legt.

Hierauf setzt Portius den Pharnaz zur Rede und verweiset ihm, dass er seinen Vater einen Betrüger geheißen habe. Er versichert die Königin des Schutzes, den Cato ihr versprochen, und setzt hinzu, dass Pharnaz selber in Utica ihm untertan sei. Als dieser sich dadurch beschimpft hält, sagt er ihm auf gut römisch unter die Augen:

> In Pontus seid Ihr König,
> Doch nicht in Afrika. Hier gilt ein Prinz sehr wenig!

Und hierauf folgt die letzte Versicherung, dass er im Falle der Not selbst für ihre Wohlfahrt fechten wolle. Nun hat ja Arsene ihren Zweck erreichet. Sie sieht es gern, dass sie dem Pharnaz was anders zu tun gegeben. Ohne Zweifel wird er sich noch wegen der letzten Worte verantworten wollen. Die Gelegenheit nimmt sie in Acht und geht davon. Sie hat ohnedem nur mit Verdruss den Pharnaz neben sich leiden müssen. Es hieß am Ende der 3. Szene:

Doch welch ein Ungelücke!
Pharnaz erscheinet hier. Verdrießliches Geschicke!

Sie will ihn im 4. Auftritte fliehen und beschwert sich, dass er sie auch in Utica verfolge. Ein so unangenehmes Gespräche mit ihrem vermeinten Brudermörder und verhassten Liebhaber, der mehr ihre Krone als sie selbst liebte, musste sie wohl überdrüssig werden. Was ist es also Wunder, dass sie davongeht, ohne zu sagen warum? Portius konnte es leicht denken, dass sie nicht ihm, als ihrem Verteidiger, sondern dem Pharnaz den Rücken kehre. Pharnaz selbst wusste ja, dass sie ihm schon vorhin entgehen wollen. Folglich dünkt mich nun die Ursache ihres Abtritts klar genug zu sein, und ich habe auch hier wider keine theatralische Regel gesündiget.

Nun muss ich endlich noch Rede und Antwort geben, ob ich auch den Cato selbst einmal von seinem Charakter habe abweichen lassen. Mein geschickter Criticus glaubt, dieses sei da geschehen, wo derselbe die Zeitung von dem Leben seiner Tochter erhält, die er für tot gehalten hatte. Cato sollte nicht so sehr dadurch bewegt worden sein, meint er, dass er in eine so heftige Verwunderung geraten wäre, als aus der viermal wiederholten und kurz abgebrochenen Frage erhellet. Allein, ich frage nur, ob Cato, aller seiner Philosophie ungeachtet, nicht noch ein Mensch geblieben? Gewiss, auch die stoischen Lehren konnten die Zärtlichkeit eines Vaters nicht ganz ersticken. Als der Kaiser Marcus Aurelius um den Tod eines seiner Lehrmeister Tränen vergoss und seine Hofleute ihn fragten, ob sich das für einen Kaiser und Weltweisen schicke, so sprach er: »Erlaubet mir doch auch einmal, ein Mensch zu sein!« Warum sollte nun Cato die Freiheit nicht auch gehabt haben? Die Zeitung kam auch allzu unverhofft, da er nichts weniger denken konnte, als dass sein Kind noch leben sollte. Von seinem Sohne Marcus hört er den Tod mit Freuden erzählen: Teils weil er rühmlich gestorben, teils weil Cato durch die vorhergehende Erzählung allmählich dazu vorbereitet worden. Es hatten sich auch die Stoiker schon zum Voraus auf dergleichen Trauerfälle vorbereitet. Sie stellten sichs oft vor, dass sie diesen oder jenen aus ihrer Familie einbüßen könnten. Todesfälle sind nämlich leicht möglich und was Gewöhnliches. Aber dass tote Leute lebendig würden, das hatte nicht so viel Wahrscheinlichkeit. Darauf hatte sich Cato noch nie vorbereitet. Er konnte also bei einer so seltsamen Zeitung leicht aus seiner Gleichmütigkeit kommen und wiederum einmal auf einige Augenblicke ein Mensch werden.

Alle diese Verteidigungen der mir angemerkten Fehler will ich nunmehro meinem unbekannten Richter und seinen gelehrten Freunden, deren Beistand er gehabt, imgleichen dem berühmten Manne, der die mir überschickten Gedanken selbst mit seinem Beifalle bestärket hat, zu eigener Beurteilung und Prüfung überlassen. Ich habe vielleicht auch hierin Fehler mit Fehlern gehäufet und die Schwäche meiner Einsicht in die theatralische Poesie verraten. Wie leicht könnte dieses kommen, da ich unter meinen Landsleuten noch so wenige Vorgänger darin gehabt! Sollte also mein neues Urteil so ausfallen, so werde ich mich gefangen geben und kein Wort mehr sagen, mich von Neuem zu verteidigen. Ja, auch jetzo gebe ich meinem Critico in der letzten Anmerkung schon vollkommen recht. Es ist wahr, dass ich besser getan hätte, wenn ich durchgehends alle Personen einander auf gut römisch hätte *du* heißen lassen. Allein, ich will sagen, was mich verführt hat: Ich dachte, dass man unsere Deutschen nicht auf einmal mit einer so großen Veränderung zu übereilen hätte. Es dünkt uns sehr grob, wenn eine Bediente zu ihrer Prinzessin, ein Sohn zu seinem Vater usw. *du* saget. Daher habe ich eine Mittelstraße halten wollen. Phenice heißt ihre Prinzessin, diese den Cäsar, den Cato, den Pharnaz, solange sie noch höflich mit ihm redet, dem Portius, solange sie ihn noch nicht für ihren Bruder erkennet, usw. *Ihr.* Cato nennt die Arsene als eine Königin, den Cäsar als einen großen Feldherrn, solange er noch gelassen mit ihm redet, gleichfalls *Ihr.* Seine Bedienten gegen ihn tun es gleichfalls: Wie auch Pharnaz gegen die Königin, den Cato und den Cäsar tut. Allein, eben diese Personen, teils wenn sie im Affekte stehen, teils wenn sie mit Schlechtern reden, teils nachdem Cato die Arsene für seine Tochter erkläret hat, heißen einander auch *du.* Doch ich gestehe, ich hätte besser getan, wenn ich durchgehends dieses beobachtet hätte. Es wäre ein Verantworten gewesen. Soll ich künftig noch ein Trauerspiel machen, so werde ich mir ein Gesetz machen, solches zu tun und also auch hierin die edle Einfalt alter Sitten zum Wenigsten auf der Schaubühne zur Bewunderung darstellen. Andere werden das, was ich versehen habe, besser machen.

Ergo fungar vice cotis, acutum
Reddere quae ferrum valet, exsors ipsa secandi.[16]

Zusatz

Als das Vorige bereits im Drucke war, erhielte ich ein abermaliges Schreiben von obgedachtem gelehrten Manne werten Gönner, darin mir selbiger noch folgende Erinnerung zu ma-

16 »Ich trachte, den Poeten / Hinfort ein Sporn zu sein, ein Antrieb ihrer Flöten. / Denn wie ein Wetzstein schärft und selbst nicht schneiden kann.«

chen beliebet hat: »Was mir noch beifällt«, heißt es, »ist, dass der Tod des Cato nicht beschrieben worden, wie ich ihn im Plutarchus, Florus und Seneca vorgestellt angetroffen. Man sehe sonderlich Seneca *De Providentia*, Kap. II, und *Epistulae* XCIII. Ich habe das Schauspiel jetzt nicht bei der Hand, daher ich mich auch nicht deutlicher erklären kann. Was mir an einigen Versen zu verbessern vorkommet, sind Kleinigkeiten, die ich Ihnen aber doch auch, wo Sie sie wissen wollen, überschicken will. Kritisieren ist leichter als selbst etwas Vollkommenes machen: Inzwischen hat jenes doch seinen großen Nutzen, wenn es mit Verstande und Bescheidenheit geschieht. Wie ich denn auch nicht zweifle, dass dero *Cato* noch ein vollkommenes Meisterstücke werden könne.«

Mein Criticus hat in dem ersten vollkommen recht. Cato ist freilich in der Historie etwas anders als in dem Schauspiele gestorben. Ich will die aus dem Seneca angezogenen Stellen hersetzen, und zwar die erste nach der schönen Übersetzung, die wir von Herrn Magister Mayen haben.[17] Es heißt am Ende des II. Kapitels so:

»Die Götter müssen wahrhaftig mit großem Vergnügen zugesehen haben, da dieser Mann mit sich selber so hart umging, andern ein so vortreffliches Exempel gab und ihnen zeigte, wie sie entfliehen sollten, da er noch in der letzten Nacht studierte, da er sich den Dolch in die Brust stieß, da er sein Eingeweide ausschüttete und die herrliche Seele, welche nicht verdienete, dass sie durch das Eisen verunehret werden sollte, mit seiner eigenen Hand herausführete. Der

17 Johann Friedrich May (1697–1762), *Des L. Annaeus Seneca Abhandlung von der göttlichen Vorsorge*, aus dem Lateinischen übersetzt; nebst einer Rede von der Möglichkeit, anständig vergnügt zu sein, Leipzig 1729.

Stich misslung ihm und war nicht tödlich. Ich glaube, die unsterblichen Götter ließen dieses deswegen geschehen, weil es ihnen nicht genug war, den Cato nur einmal sterben zu sehen. Er behielt seine Kraft noch, und sie wurde ihm gestärket, damit sie sich auch in dem schwersten Falle zeigen möchte. Denn es gehört noch lange kein so großer Mut dazu, sich in den Tod zu wagen, als denselben noch einmal auszustehen.«

Die andere [Stelle] finde ich zwar in dem angezogenen Orte nicht; allein, es sind sonst verschiedene Briefe, darin davon gehandelt wird. Z. E. im LXVII.: *Aspice M. Catonem sacro illi pectori purissimas manus admoventem et vulnera parum ante demissa laxantem.*[18] Im LXXsten heißt es: *Non est quod existimes magnis tantum viris hoc robur fuisse, quo servitutis humanae claustra perrumperent. Non est quod iudices hoc fieri, nisi a Catone non posse, qui quam ferro non emiserat animam manu extraxit.*[19] Siehe auch den XCV. Brief, der aber nur einen bloßen Lobspruch und keinen historischen Umstand in sich hält. Dieses alles ist nicht zu leugnen und weder dem Addison noch Deschamps, noch auch mir unbekannt gewesen. Allein, gleichwohl haben wir unsern tragischen Cato nicht ebenso sterben lassen. Die Ursache ist diese, dass unser Cato kein historischer, sondern ein poetischer, kein wahrhafter, sondern erdichteter

18 »Blicke hin auf den M. Cato, wie er die so reine Hand an die heilige Brust legt und die Wunde, die nicht tief genug gedrungen war, weiter aufreißt.« (Übersetzung von Albert Forbiger.)

19 »Du darfst nicht glauben, nur große Männer hätten die Kraft besessen, den Kerker der menschlichen Sklaverei zu durchbrechen. Du brauchst nicht der Meinung zu sein, dies könne nur von einem Cato geschehen, der sein Leben, dem er mit dem Schwerte keinen Ausgang verschafft hatte, mit der Hand herausriß.« (Übersetzung von Albert Forbiger.)

und nach den Regeln der Schaubühne eingerichteter Cato ist. Wer sich aus Aristotelis Poetik, dem Pater Bossu oder aus der *Critischen Dichtkunst* erinnert, dass die Fabel der Poeten erst allgemein abgefasst wird, um eine Sittenlehre dadurch ins Licht zu setzen, hernach aber allererst durch die Benennung ihrer Hauptpersonen aus der Historie der Wahrheit ähnlich gemacht wird: Der wird es leicht begreifen, was ich hier sagen will. Das würde kein Gedichte, sondern eine Geschichte gewesen sein, wenn man die kleinsten Umstände vom Tode Catons aus der Historie beibehalten hätte. Viele von unsern deutschen Verfertigern der gemeinen Schauspiele haben dadurch alle Regeln der dramatischen Poesie übertreten.

Es ließ sich aber diese Todesart des Cato deswegen nicht so, wie sie gewesen, vorstellen: Weil sie sich auf der Schaubühne unmöglich zeigen ließ. Wie hätte man das schreckliche Spektakel ertragen können, dass ein Mann seinen Bauch mit eigenen Händen aufreißt und das Eingeweide herauszerret, um desto gewisser und eher zu sterben? Nur den bloßen Tod, nachdem der tödliche Stich schon geschehen war, vor den Zuschauern erfolgen zu lassen, das ist schon eine Verwegenheit, die einigen zärtlichen Kunstrichtern verwerflich vorkommt. Man soll ja, wie sie glauben, gar keinen Todesfall auf der Bühne vorstellen: Wiewohl andre es in gewissen Fällen verstatten, wo es ohne Blutvergießen geschehen kann. Aber das wäre bei diesem wahren Catonischen Tode nicht möglich gewesen. Vielmehr würde sein Selbstmord dadurch so abscheulich geworden sein, als wenn Medea ihre Kinder vor den Augen der Zuschauer ermordet oder Atreus Menschenfleisch auf der Schaubühne gesotten und dem Thyestes zu essen vorgesetzet hätte. Beides aber verbietet uns Horaz:

Ne pueros coram populo Medea trucidet
Aut humana palam coquat extra nefarius Atreus

Aut in avem Procne vertatur, Cadmus in anguem.
Quodcumque ostendis mihi sic, incredulus odi.[20]

Nun könnte man zwar sagen: Es hätte wenigstens dieser schreckliche Umstand des Catonischen Selbstmordes können erzählet werden, gleichwie Portius auch das übrige, so sich in dem Schlafgemache zugetragen, erzählen muss. Allein, auch dieses ließ sich nach den Absichten der Tragödie nicht tun. Man will den Cato nicht zum Scheusal der Zuschauer machen, sondern zu einem herzhaften Stoiker, der den Tod nicht fürchtet und die Freiheit mehr als sein Leben liebt. Hierzu ist genug, dass er das Herz hat, sich zu ermorden. Dass es auf eine grausame Art geschehe, ist gar nicht nötig. Dieses würde ihn nicht mitleidenswürdig machen: Jenes aber lässt ihm noch einiges Erbarmen bei dem Zuschauer übrig, wenn man seine Umstände in Betrachtung zieht. Und wie, wenn man gar den heftigen Schlag hätte auf der Schaubühne vorstellen wollen, den Cato seinem Bedienten, der ihm das Gewehr nehmen wollte, ins Gesichte gegeben, dass ihm etliche Zähne davon in den Hals gefallen und ihm selbst die Hand davon so blutig geworden, dass sie verbunden werden müssen? Wie, wenn man ihn selbst vor den Zuschauern hätte aus dem Bette auf die Erde fallen lassen? Alles dieses ist zwar der Geschichte gemäß, war aber gar nicht zu den Absichten des Trauerspieles nötig und musste also mit Bedacht von einem Poeten übergangen werden.

20 »Medea darf den Mord an ihrer Leibesfrucht / Nicht öffentlich begehn. Der Atreus Eifersucht / Gibt dem Thyestes zwar das Fleisch gekochter Knaben, / Doch darf man Topf und Herd nicht selbst gesehen haben, / Wo sie gesotten sind. Verwandelt Progne sich, / Wird Kadmus eine Schlang, alsdann bediene dich / Der Freiheit nimmermehr, dergleichen sehn zu lassen: / Ich glaub es wahrlich nicht und werd es ewig hassen.«

Was ferner die Fehler meiner Verse anbetrifft: So sehe ich schon vorher, dass ich mich darin am allerwenigsten werde verteidigen können. Man kann allerdings darin eine große Vollkommenheit fordern, die aber sehr schwer zu erlangen ist, wenn man 1500 bis 1800 Verse machen soll. Nicht als ob es unmöglich wäre, sondern weil es gar zu viel Geduld, Zeit und Mühe kostet, in allen Zeilen gleich regelmäßig zu schreiben. Ich sehe selbst unzählige kleine Fehler in meinen Versen, zumal in diesem *Cato*, die ich keinem als Schönheiten anpreisen will. Allein, wer kann sie bei dem großen Zwange, den uns unsre gereimte Verskunst auferlegt, so genau vermeiden?

Sunt delicta tamen, quibus ignovisse velimus:
Nam neque chorda sonum reddit quem volt manus et mens,
Poscentique gravem persaepe remittit acutum,
nec semper feriet quodcumque minabitur arcus.[21]

Doch soll es mir überaus lieb sein, wenn mein gelehrter Criticus es auch in diesem Stücke mit mir machen wird, wie Horaz es von dem Quintilius Varus rühmet oder was er von einem jeden redlichen und klugen Mann überhaupt saget, den man um sein Urteil ersuchet:

Vir bonus et prudens reprehendet inertis,
Culpabit duros, incomptis adlinet atrum
Transverso calamo signum, ambitiosa recidit
Ornamenta, parum claris lucem dare coget,
Arguet ambigue dictum, mutanda notabit.[22]

21 Vgl. Anm. 2.

22 »So machts ein kluger Mann, er tadelt matte Zeilen, / Verwirft ein hartes Wort, bemerkt auch wohl zuweilen / Am Rande, wo der Vers was Ungeschicktes zeigt. / Er meistert allen Schmuck, der gar

Dieses alles will ich mir auch von demselben ausbitten, und ich verspreche, soviel möglich, hierin bei einer neuen Auflage alles zu ändern. So kann es vielleicht einmal geschehen, dass *Cato* durch fremden Beistand mit der Zeit diejenige Vollkommenheit erhalten wird, die ich allein ihm zu geben nicht imstande gewesen bin.

Immanuel Pyra
Untersuchung der innern Einrichtung des teutschen *Cato* nach den Regeln des Aristoteles

Da ich des Vorhabens bin, den deutschen *Cato* des Herrn Prof. Gottscheds nach den Regeln des Aristoteles zu untersuchen, so muss ich gleich anfangs mich wegen meiner Absichten und der Gründen derselben gegen meine Leser erklären, damit die Vorurteile, mit welchen die meisten eine Kritik ergreifen, nicht den Nutzen verhindern mögen, den ich durch diese Bemühung suche. Will man davon urteilen, so muss man den Begriff in sein Gemüt zurückrufen, der einen Kunstrichter und Aristarch von einem Lästerer und Zoilus[1] unterscheidet und den ich mir stets vorstelle. Man wird an dem Bilde desselben ein aufrichtiges und patriotisches Herz nicht weniger als einen hellen und geübten Verstand für ein wesentlich Hauptstücke erkennen.

Aus dieser Erklärung folgen die strengen Gesetze, unter welche derjenige seinen Geist zwingen muss, der über andre

zu prächtig steigt. / Was unverständlich ist, das heißt er klärer machen, / Bestraft den Doppelsinn.«

1 Zoilus aus Amphipolis galt schon bei seinen Zeitgenossen (4. Jh. v. Chr.) wegen seiner scharfen Homerkritik als kleinlicher, zänkischer Tadler.

nach den Regeln urteilen will. Niemals darf er sich an die von Gott oder der Obrigkeit bestätigte Ordnung vergreifen. Kronen, Wappen, Hirtenstäbe, Thronen, Altäre, Lehrstühle müssen ihm unentweihet stehen bleiben. Nur allein Lorbeerkränze darf er von geistlosen und unverdienten Köpfen reißen, ohne doch ihre Würde und ihr Ehrenzeichen anzutasten. Nur allein auf dem Parnasse darf er seinen Eifer herrschen lassen. Nicht dem guten Gerüchte und Leumunde, sondern allein dem öffentlichen Beifalle der Toren darf er widersprechen.

Ich suche also dem Herrn Prof. Gottsched nicht im Geringsten an der Ehre zu schaden, die er sich durch seinen Fleiß im Amte und durch seinen tugendhaften Wandel erworben. Ich würde mir vielmehr ein Vergnügen machen, aller Welt den vorteilhaftesten Begriff beizubringen; wann ich ein Zeuge davon gewesen wäre. Aber sollte mich deswegen die Hochachtung, die ich seinem Amte oder seinem Leben schuldig bin, hindern, seine poetische Ehre, der er sich unrechtmäßig angemaßet oder die ihm Schmeichler beigeleget, wieder zu zernichten, da sie andern mehr schaden als ihm nutzen kann?

Nein, der Criticus siehet, wie die Poeten, seinen Dichter oder Redner bloß als eine unbestimmte allgemeine Person an, welche allen zum Spiegel dienen kann. Und dergestalt lacht Persius[2] so ungescheuet den gekrönten, aber elenden Versmacher Nero als den Codrus aus; und Wernicke hielt sich nicht zu hoch, den liederlichen und ungeschickten Menantes sowohl zu züchtigen als den gelehrten und angesehnen Postel, weil sie beide schlechte Poeten und Widersacher des guten Geschmacks und dabei in einem schadenden Kredite waren.[3]

2 Persius Flaccus (34 v. Chr. – 62 n. Chr.), römischer Satiriker.

3 Christian Wernicke (1665–1723), deutscher Epigrammatiker, geriet als Gegner des Stils der sog. »Zweiten schlesischen Schule« (Lohenstein, Hofmannswaldau) mit Christian Friedrich Hanold, gen.

Man sieht also leicht, dass ich es bloßerdings mit dem Herrn Gottsched, dem berüchtigten Poeten und Verfasser der *Critischen Dichtkunst* und des *Cato*, nicht aber mit Sr. Magnifizenz dem Herrn Professor der Poesie und Weltweisheit, dem ich in diesem Range nie die bürgerliche schuldige Ehrerbietung verweigern werde, aufnehme. Nicht sein akademischer Purpur und Zepter, sondern seine Lorbeern, seine Flöte sind es, mit welchen es meine Kritik zu tun hat.

Aber wie man nie auf den Rang eines Dichters die geringste Achtung schlagen darf, so ist man sie um so viel mehr seiner Stufe, die er auf dem Parnasse erstiegen hat, schuldig. Nur allein die Ehre, womit ihn die Musen bekleiden, erwirbet ihm die Ehrfurcht eines Kunstrichters. So trug die französische Akademie kein Bedenken, den Corneille, den keine Wappen wie den Scudéry deckten, wider ihn zu verteidigen.[4] Boileau hingegen scheuete sich nicht, den Pradon öffentlich zu tadeln, ob er gleich die Vornehmsten, ja Prinzen vom Geblüte und selbst die geschickte Deshoulières auf seiner Seite hatte.[5]

Aber auch der Rang auf dem Pindus schützet nicht die ärgernden Fehler. Richelieu reichte dem Corneille mit der einen Hand freudig das Ehrengehalt, da er mit der andern die Striegel

Menantes (1680–1721), und Christian Henrich Postel (1658–1705) in einen scharfen literarischen Streit.

4 Die Académie Française hatte 1638 in ihrer ersten Veröffentlichung, veranlasst von ihrem Mitglied, dem Dichter Georges de Scudéry (1601–1667), zwar Kritik an Corneilles *Cid* geübt (Behandlung der drei Einheiten, Verwendung des spanischen Stoffes), gleichzeitig aber den »unerklärbaren Zauber« des Werkes hervorgehoben.

5 Antoinette Deshoulières (1634–94), franz. Dichterin (Idyllen), ist vor allem als Haupt einer Racine bekämpfenden literarischen Gruppe bekannt geworden, der auch Nicola Pradon (1632–98) angehörte. Er brachte zwei Tage nach Racines *Phèdre* sein eigenes Drama *Phèdre et Hippolyt* zur Aufführung.

gegen ihn schärfte. Eben diese Stufe, auf welcher ein Verfasser in der Gunst des Apollo würklich stehet, macht aber auch, dass man so ungleich verfähret. Einen Corneille pries man, ob er gleich viel gröbere Fehler in seinem *Cid* begangen und die Regeln vielleicht mehr überschritten hatte als Pradon in seinem *Régulus*, der doch ganz verachtet ward. Ihr fragt warum. Jener hatte unendlich größere und mehrere Schönheiten, die seine Fehler durch ihren starken Glanz unsichtbar machten, dieser aber viel weniger Schönheiten als Schnitzer. Denn dass einer schlechtweg und knechtisch einigen dürren Regeln dem Wortverstande nach, ohne der poetischen Begeisterung, ohne Hoheit und Anmut gehorchet, das gibt ihm nicht den geringsten Vorzug.

Wen die Dichtkunst nicht selbst, sondern nur ein Lehrbuch erleuchtet, der kann nicht ihr Priester sein. Aristoteles selbst kann aus einem Klotze nichts weiter als einen regelmäßigen oder vielmehr handwerksmäßigen Bau- und Reimschmied, aber keinen Maro bilden.

Vergeblich denkt ein kecker Geist den Gipfel von der Kunst zu dichten
Auf dem Parnasse zu erreichen; wofern er nicht in seiner Brust
Des Himmels feuerreiche Kraft und den geheimen Einfluss fühlet
Und sein Gestirn in der Geburt ihn nicht zum Dichter schon gebildet.
Im Kerker seines engen Geists sieht er beständig sich gefangen.
Für ihn ist Phöbus immer taub und Pegasus nur steif und stätig.

(Boileau)

Eben dieser Mangel des Geistes ist es, welcher den deutschen *Cato* so sehr der Striegel würdig oder vielmehr unwürdig macht. Man würde auch in der Tat diese Kritik haben im Winkel liegen lassen, wann der *Cato* nicht so viel Unruhe und Verführung anrichtete. Ja, man wird sagen, der Herr Gottsched ist so berühmt und hat andern Verse machen lehren! Eben dies ists. Eben ein solches schädliches Vorurteil des Ansehns, einen so unverdienten Ruhm muss ein patriotischer unerschrockner Kunstrichter zernichten und den Götzen fällen, der die Poeten sündigen macht.

Und weil er nach der Art des Männlings[6] sich ausdrücklich rühmet und die Welt bereden will, er könne durch seine truckne Regeln Dichter in aller Art machen, und darneben auch die verachtet, die andere nur zu einer gründlichen Einsicht bringen wollen, und dabei behauptet, dass nichts schön sein könne, als was nach seinen flüchtigen Regeln gemacht sei, so muss man zeigen, wie falsch dies ist und wie wenig sie zureichend sein, da selbst der Lehrer derselben schwach und elend geblieben ist: weil er sich ohne den gehorigen Geist daran gewaget hat. Ich kann mir nicht einbilden, dass er nicht zum Wenigsten in dem Laufe auf diesem Felde seine Ohnmacht selbst sollte gefühlet haben: denn es kann nichts Ärgers sein, als dass ein Geist, der kaum Feuer genug zu einer Ode hat, sich gar an ein Trauerspiel wagen will.

Die Erfahrung lehrt, dass diese blinde Verwegenheit schon manchen verführet hat, dann sie sehen: *Labor omnia vicit / Improbus et duris urgens in rebus egestas*[7], und Herr Gottsched

6 Gemeint ist die Vorrede in Johann Christoph Männlings (1658–1723) *Poetischem Lexikon*, 1715.

7 »Alles besieget / Unverdrossener Fleiß und die Not des dringenden Mangels.« Vergil, *Georgicon* I, V. 145 f. (Übersetzung von Johann Heinrich Voss.)

selbst, der doch so offenbar schwach ist, wird gehört, gelesen und gelobet.

Diesem Übel soll Aristoteles steuren. Das Einzige, was noch die Deutschen wegen ihres großen Beifalls, den sie diesen matten Versen geben, entschuldigen kann, ist, dass man sie beredet hat, es sei das allerregelmäßigste Stück. Vielleicht brauchen sie künftig ihre eignen Augen bei Austeilung des Lobes, wann sie sehen, wie sehr man ihre Gutherzigkeit hintergangen habe. Es wird, wie ich hoffe, klar an die Sonne gelegt werden, dass nichts als das Vorurteil des Ansehns und die ziemlich reinen Reime dieses Gedichte haben in der Höhe erhalten können.

Ich zweifle nicht, dass mir der Herr Verfasser nach seiner Gewohnheit verächtlich begegnen wird. Aber da er einen Schulmann in Kamenz[8] würdig geachtet, sein von ihm erhaltenes Lob auszubreiten, so wird er meiner Person wegen meinen Tadel auch nicht verachten können, wo er anders billig heißen will.

Ich bleibe gleich, so zu reden, am Tore dieses Schauspiels stehen. Die Aufschrift *Der sterbende Cato* ist mir anstößig. Und das nach des Herrn Verfassers eignen Regeln und Gründen. Dann erstlich muss der Titel nie den Ausgang verraten. Der Leser wird dadurch um das Vergnügen des Unerwarteten gebracht. Deswegen ist in den *Critischen Beyträgen* mit Recht die Benennung »Tragikomedie« getadelt[9], wiewohl die noch nicht so verräterisch ist als das Wort »sterbend«, indem jene

8 Gemeint ist der Gottsched-Anhänger und Rektor des Gymnasiums in Kamenz, Johann Gottfried Heinitz (1712–90), der 1740 eine (verschollene) Abhandlung über *Die Schaubühne als Schule der Beredsamkeit* verfasst hatte. Im 8. Band der *Critischen Beyträge* (S. 354 f.) hatte Gottsched Auszüge aus Einladungsschriften Heinitzens zu zwei Schulaufführungen in Kamenz veröffentlicht.

9 Im 7. Band, 1741, S. 572 ff.

nur überhaupt die Art des Ausganges, diese aber noch außerdem die Beschaffenheit desselben ganz deutlich anzeiget. Denn es kann ja ein Trauerspiel sich auf eine andre Art als durch den Tod traurig enden. Die Alten haben zwar auch dem Namen ihres Helden ein Beiwort zugesellet, aber das entdeckt nicht die Beschaffenheit des Schlusses, sondern nur der Hauptperson, oder es ist von dem Orte hergenommen. Zweitens sagt »sterbend« nicht, was es soll. Cato liegt ja nicht in der Todesangst. Geht's auf die letzte Handlung, so ist noch mehr wider jene Regel gesündiget.

Aristoteles gibt diese Erklärung von einem Trauerspiele. Es sei eine Nachahmung einer Handlung, die ganz ist und eine rechte Größe hat, deren Schreibart wohlklingend, in verschiedenen Teilen aber mit Musik und Tänzen versehn ist, die ohne Hilfe der Erzählung, bloß durch das Mittel des Mitleidens und Schreckens die Leidenschaften zu reinigen sucht. Aus dieser Erklärung gehen unsern heutigen Trauerspielen die Musik und die Tänze nicht mehr an. Man hat die Chöre, wiewohl ohne Grund, aus denselben verwiesen. Ein paar elende Geigen, so die Handlung nur zu unterbrechen dienen, können sich ihrer Ehre nicht anmaßen.

Ein regelmäßiges Trauerspiel muss eine Nachahmung einer Handlung sein. Ein tragischer Poet muss also nicht bloß vorstellen, wie sich eine Person in diesen oder jenen Umständen verhalte oder wohin sie sich neige und was sie etwa verrichte, sondern wie sie aus gewissen Beweggründen gewisse Mittel anwende, eine Absicht zu erreichen. Dies gehört zu einer vollständigen Handlung. Ich will es durch das vollkommenste Trauerspiel, den *Ödipus* des großen Sophokles, beweisen. Es ist in Theben eine Pest. Ödipus schickt nach dem Orakul, ein Mittel zu erfahren, wie ihr abzuhelfen sei, und bekommt die Antwort, dass der Mörder des Lajus solle bestraft werden. Dies sind seine Bewegungsgründe. Er wendet alle Mittel an, die

Ausforschung des Mörders zu bewerkstelligen. Man muss aber merken, dass die Absicht und der Ausgang oft sehr unterschieden sein.

Lasst uns darnach die Handlungen des *Cato* untersuchen. Der Herr Prof. Gottsched hat seine Fabel nicht selbst entworfen, aber wohl die aus dem *Cato* des Addison. Im Grunde ist sie in seinem nicht verändert. Das Hauptwerk ist dieses. Cato ist nebst wenigen Römern und einigen Hülfsvölkern in Utica eingeschlossen. Cäsar bietet ihm den Frieden an. Man schlägt ihn aus. Cäsar lässt seine Armee anrücken: Cato sieht kein Mittel, ihm zu widerstehen, und ersticht sich. Ihr seht hier wohl, wie sich Cato in diesen und jenen Umständen verhält. Er tut auch mancherlei, aber nur bei Gelegenheit. Aber das alles zusammen, soviel auch geschicht, macht keine Handlung nach den Regeln aus. Es ist eine bloße Begebenheit. Und die ist von jener unterschieden und nicht tüchtig, dass daraus ein Trauerspiel werden könne.

Mir dünkt, der Charakter dieses stoischen Weisen würde noch heller geleuchtet haben, wenn er eine regelmäßige Handlung ausgeübet und mit seiner gewöhnlichen rauen Strenge auf seinen Endzweck gedrungen hätte. Nach dem Titel und dem Vorsatze des Dichters sollte es ein Selbstmord sein. Ich will noch einen voraussetzen, der stattgefunden hätte: nämlich den Cäsar zu widerstehen. Oder die Römer zu verteidigen. Auf einen von diesen beiden müsste alles gerichtet sein. Wir werden es sehn.

Gleich anfangs sucht Arsene beim Cato Trost und Hülfe wider den Pharnaz, den Mörder ihres vermeinten Bruders, und er verspricht sie. Warum? Ist dies ein Bewegungsgrund oder ein Mittel zu einer von diesen Absichten? Im Geringsten nicht. Arsene wird als seine Tochter erkannt. Er zwingt sie, die parthische Krone niederzulegen. Was trägt das zur Sache bei? Cäsar kommt um Arsenens willen nach Utica, und Cato unterredet sich mit ihm wegen des Krieges. Dieses könnte man zu den Mitteln rechnen, wenn der Widerstand gegen den Cäsar die Hauptabsicht sein sollte. Aber 1) sieht es mehr einer Zwischenbegebenheit ähnlicher; 2) gesteht der Herr Professor selbst, dass es nur geschähe, um den Cäsar und Cato gegeneinanderzustellen. Was ist das anders als die Personen und nicht eine Handlung nachahmen? Das verbeut Aristoteles. Weiter: Marcus wird erstochen, Cato hält ihm eine Leichenrede. Wozu dient dieser Umstand? Ist es ein Bewegungsgrund, dass er sich ermordet? Dies zerstörete seinen Charakter. Nein, es ist eine Gelegenheit, ihn zu zeigen. Der Ausgang ist die ganze wahre Handlung. Man kann einwenden, ich hätte die Zwischenbegebenheiten zur Haupthandlung gezogen, da sie nicht darzu gehörten. Aber eben das ist ein Fehler. Besser unten wird sich zeigen, dass alles dazu gehören muss, insbesondre das, worein der Held verwickelt ist. In dem *Ödipus* ist es offenbar. Wäre Portia die Hauptperson, so wäre ehe eine Handlung nachgeahmt. Es scheint überhaupt, dass unserm Dichter ein Roman besser als eine Tragödie gelingen sollte.

Eine nachgeahmte Handlung, die eine Sittenlehre unter sich begreift, heißt eigentlich eine Fabel. Im Trauerspiele muss sie durch Hülfe des Mitleidens und Schreckens die Leidenschaften zu reinigen suchen. Darzu wird eine Handlung erfordert, wenn es regelmäßig sein soll. Da diese nun nicht im *Cato* ist, so folgt von selbst, dass keine Fabel da sein könne. Es geschicht zwar nur mehr als zu viel. Aber dies ist eben der Fehler. Es sollte nur eines recht geschehen. Das Mitleiden sowohl als das Schrecken wird eigentlich von der Auflösung gezeuget. Denn diese würkt das plötzliche Erstaunen. Die andern kleinen Schrecken und Traurigkeiten sind nur Vorbereitungen oder Folgen. Ich sage, wenn es nach den Regeln gehen soll.

Die Hauptperson muss daher etwas in Willens haben, dadurch sie unglücklich wird oder sich endlich aus dem Unglücke herausgerissen sieht. Das theatralische Unglück aber muss eine Folge der Fehler des Helden sein. Dadurch erlangt die Sittenlehre erst ihren Nachdruck. Ich überlasse es dem Urteile meiner Leser, ob die kleinen Schrecken und Betrübnisse solche Vorbereitungen und Folgen der großen über Catons Tod sein. Es wird sich auch hernach zeigen. Seine Entleibung ist keine Folge aus seinen begangenen Fehltritten. Aber die Umstände waren also beschaffen, dass er Hand an sich legen musste. Allein daran hatte er keine Schuld, dass Cäsar siegte und Rom fiel. Alles, was er vorher tut, ist löblich und eines großen Verteidigers seines Vaterlandes gemäß. Das Unglück auf dem Schauplatze ist gleichsam ein sichtbares Verbot der Handlungen. Man braucht nicht mehr als die großen Meister anzusehen, wenn man davon will überzeugt sein. Hierin liegt auch der Grund von der Beschaffenheit des Helden, die Aristoteles fordert. Es ist wahr; Cato ist also vorgestellt. Aber diese Beschaffenheit muss ihn etwas begehn lassen, dadurch er unglücklich wird, und das ist nicht. So würkte z. E. die große Hitze und Neugierigkeit des Ödipus alle die erschrecklichen Taten, die ihn seinen Fall über den Nacken zogen.

Noch eins. Ein Dichter muss eine solche Sittenlehre vortragen, die seinen Landsleuten gemäß ist. Die Vorrede zeiget, dass er von dem allzu großen Eigensinne in der Verteidigung der Freiheit abschrecken wolle. Für die Engländer kann das vielleicht eine Lehre sein, aber ich weiß nicht, ob sie für die Deutschen ebenso nötig ist. Überdem, da ein Trauerspiel nicht eine Nachahmung der Tugenden oder Laster, sondern der daraus fließenden Handlungen ist, so muss auch die Lehre nicht sein, wie man beschaffen sein sollte oder nicht, sondern was man bei solcher Beschaffenheit tun oder lassen soll. Wer dies genauer erwägt, wird sehn, dass ich dadurch die Reinigung der Begierden nicht aufhebe und also dem Aristoteles widerspreche; dies folgt aus jenem. Aristoteles verlangt ferner: der Inhalt der Tragödie soll ein Ganzes ausmachen; welches er so erklärt, dasjenige sei ganz, was einen Anfang, Mittel und Ende hat. Der Anfang heißt bei ihm, was nichts voraussetzt oder nicht aus einem andern folget, sondern aus dem etwas natürlicherweise entstanden sein oder entstehen soll. Man merkt leicht, dass er hierdurch die Quellen und Ursachen verstehet. Denn davon fängt die Handlung an. Diese gehören hauptsächlich in die erste Handlung. Es hätte also der Herr Professor darin erklären sollen, warum sich Cato zu seinem Selbstmorde entschließet. Aber wovon wird dann geredet; man verzeihe mir den Scherz, von einem Findelkinde und von Hochzeitmachen. Kaum gedenkt Cato manchmal mit zwei Worten an jenen. Dies kommt mir vor wie ein Kinderköpfgen, das aus einer großen Perücke gucket.

Das Mittel ist nach des griechischen Lehrers Erklärung das, was etwas voraussetzt und worauf was folgen muss. Oder alle Mittel, Handlungen und Begebenheiten, die in den angegebenen Ursachen gegründet seien und zu Erreichung des Endzwecks oder zur Verhinderung desselben etwas beitragen. Ich habe schon vorher gezeiget, wie alles, was da geschicht, wenig mit dem Tode des Cato zu tun habe. Und da zu der Handlung kein Anfang da ist, so können auch keine Mittel darinnen gegründet sein. Aus dem allen folgt endlich, dass auch kein rechtschaffenes Ende da sei. Dann was hat endlich der Selbstmord des Cato mit allen vorhergehenden Tändeleien mit der Arsene zu tun, welche alle vier vorhergehende Aufzüge erfüllen.

Folglich ist dann die letzte Handlung eigentlich die Materie des ganzen Trauerspieles und alle vier vorhergehenden unnütze. Die erste Szene enthält den Anfang; denn Cato zeigt alle Bewegungsgründe an, die ihn reizen können, seinen abgezielten Endzweck, den Selbstmord, zu beschleunigen. Das Mittel ist vollkommen da. Er macht seinen Degen wie Ajax zurechte, sein Sohn kommt und will ihn verhindern; er aber dringt durch. Die Reden sind auch nicht übel angebracht, so die Portia und die andern halten. Ja, es kommt noch eine neue anscheinende Verhinderung, die Post von Pompejens Sohne, dazu.

Diesen Entwurf hätten die Dichter ausarbeiten und zu seiner rechten Größe erweitern sollen. Ich gestehe es, ohne die Episoden würde es schwer geworden sein, fünf Handlungen damit anzufüllen; aber das ist eben die Kunst, und dazu ist nur ein großer Geist aufgelegt. Mittelmäßige Reimer raffen immer viel Materie zusammen und wissen doch hernach wenig Rechtschaffnes davon zu sagen. Aber ein ungemeiner und wahrhaftig scharfsinniger Geist braucht nur wenig Anlass, und gleichwohl weiß er viel davon vorzutragen: dann bei seinem Reichtume an Witz und Geist leidet er nie Mangel an Gedanken, dazu er immer Gelegenheit in der Materie siehet, wo ein andrer blind überhingehet. Denn so wie sich aus einem kleinen Mittelpunkte eine große Menge der längsten und gradesten Linien bis zum Umkreise ausbreiten lassen, woraus ein vollständiger Zirkel erwächst, da alle andre Striche, so nicht in diesem kleinen Tüttelchen ihre Quelle haben, falsche Querstriche sein und die schöne Übereinstimmung desselben nur verwirren, so weiß er aus einer kleinen mit Verstand erwählten Handlung Umstände, Taten und Reden herauszuschöpfen, die die vorgeschriebne Schranken jenes Trauerspiels erfüllen.

Eben wegen dieser so nötigen Verbindung ist den Dichtern das Gesetz von der dreifachen Einheit gegeben. Die Einheit der Handlung oder die genaue Übereinstimmung und Verknüpfung aller Teile zu einem einzigen Endzwecke ist also sehr schlecht in Acht genommen. Etwas besser sieht es mit der Zeit aus, wiewohl es doch nicht wahrscheinlich ist, dass Portia unter andern in der 7. Szene, 5. Handlung in Ohnmacht fällt und, ohne dass man sie aufkühlen oder wegbringen sehen, schon wieder munter ist, ehe 9tehalb Zeilen gesagt werden.

Die Einheit des Orts ist zwar sklavisch, aber nicht künstlich beobachtet. Es ist gar nicht glaublich, dass alles auf dem einen

Platze vorgehe. Und es ist im Grunde viel verwerflicher, wenn man darauf geschehn lässt, was natürlicherweise nicht geschehn kann, als wenn man in jeder Handlung einen neuen Ort nimmt. Dann jenes zerstört die innere Wahrscheinlichkeit, dieses aber ist so ungeschickt nicht, da die Chöre und also die Verbindung unter den Handlungen mangelt. Wer lässt sich wohl bereden, dass z. E. Pharnaz alle seine Bosheit vor Catons Zimmer ausschreie, und wie ungeschickt ist die 1. Szene der 5. Handlung? Cato müsste der wunderlichste Eigensinn sein, wann er sich auf den Saal betten ließe. Man merkt wohl, dass es ein Schlafgemach sein soll, aber wo kommt das her; und ist es wohl wahrscheinlich, dass ein solch geheimes Gemach auf den Saal gehet? Vorher hört und sieht man nichts davon. Das soll manchmal den Baumeister der Bühne auf die Gedanken gebracht haben, einen Gott oder Zauberer abzugeben und auf einmal ein zuvor nicht gesehnes Zimmer plötzlich auf dem Saale entstehen zu lassen. Es ist vermutlich wohl dies wider des Herrn Professors Willen geschehen; denn die prosaischen Erklärungen hinter der 2ten Szene lässt uns schließen, wie seine Einrichtung gewesen. Aber anstatt dass dies zur Entschuldigung dienen sollte, so hilfts nur noch mehr zur Verurteilung. Wer den Hedelin gelesen hat, wird auch seine spitzige Gedanken von dem Vorhange wissen.[10]

Aber noch weiter. Wo hat es die geringste Wahrscheinlichkeit, dass er bei einem so geheimen Vorhaben das Zimmer habe offen gelassen, da er davon geredet? Merken hier nicht die Zuschauer, dass es bloß um ihrentwillen geschicht, damit sie seine Worte hören können? Ein großer Fehler! Überhaupt sind weder die Säle noch Schlafzimmer die Örter zum Schauspiele. Aber wenn man auch dies zulässt, wie kann man die Wahrscheinlichkeit weiter behaupten, wenn Cato in dem Auftritte den Portius schilt, dass er in sein Cabinet hereingedrungen sei; so ist es not-

10 Hedelin von Aubignac, *Pratique du Théâtre*, 1657.

wendig, dass es wieder muss zugemacht gewesen sein. Aber davon steht nichts, und ich glaube auch nicht, dass es geschehen sei. Soll es aber geschehen, wie es notwendig ist, wenn nicht alle Wahrscheinlichkeit wegfallen und sein Catonischer Verweis lächerlich werden soll, was werden die Zuschauer sagen, wenn er ihnen entweder die Türe vor der Nase zuschmeißt oder den Vorhang fallen lässt, und zwar bloß damit Portius was aufzumachen hat? Wo bleibt die Anständigkeit? Es ist dies auch noch um einer andern Ursache fehlerhaft; nämlich: weil man den Zuschauer würklich dasjenige, was sie auf dem Schauplatze sehen sollten, auch sollte sehen lassen; ich meine, dass Portius zu seinem Vater hineindringt. Deswegen wird auch Carcinus[11] beim Aristoteles getadelt, dass er den Amphiaraus lässt aus dem Tempel gangen sein, ohne dass es die Zuschauer gesehen. Die Alten, und insbesondre Sophokles, sind auch in diesem Stücke ganz unvergleichlich. Der Ort ihres Schauplatzes ist allezeit ein öffentlicher, aber fast in jedem Stücke ein verschiedener Ort. Die Kunst, mit welcher sie ihn anordnen und die Regel beobachten, nebst der Schönheit und Pracht sind erstaunenswürdig. Auch das bloße Lesen ihrer Tragödien setzt uns dadurch in die größeste Verwunderung. Diese Kunst wird man in den neuern sehr selten gewahr werden, wir müssen uns ordentlich mit sehr schlechten prosaischen Beschreibungen davon abspeisen lassen.

Der Philosoph teilt ferner die Handlungen oder Fabeln ein, in einfache und zusammengesetzte oder verwickelte. Jene sind die, die so zu reden in einem Tone fortgehn und sich ohne Glückswechsel oder Entdeckung schließen oder die so traurig aufhören, wie sie sich beginnen, wo der anfangs abgezielte Zweck erreicht wird und mit ihm gemäßen Umständen und Folgen begleitet ist. Dann auf den Ausgang gründet sich vor-

11 Gemeint ist der jüngere von zwei Brüdern, die um 400 v. Chr. lebten. Von seinen Tragödien sind nur Bruchstücke erhalten.

nehmlich die Benennung. Unter den griechischen Tragödien findet man wenige von dieser Art. *Ajax* gehört hierher. Mir dünkt aber nicht, dass der *Philoctetes* des Sophokles, wie Dacier will, darzuzurechnen sei, indem darin ein offenbarer Glückswechsel vorhanden ist. Denn er geht auf des Herkules Befehl aus seinem jämmerlichen Zustande heraus. Ajax aber führt seine grausame Entschließung wider sich selbst aus, und der Streit über sein Begräbnis und was dabei vorgeht ist demselben gemäß und gleich.

Eine solche einfache Handlung soll, allem Ansehen nach, der *Cato* sein und wäre es auch, dafern die fünfte Handlung die Haupthandlung des ganzen Werks wäre. Der Cato vollbringet seinen Vorsatz, den er in der ersten Szene kundgetan. Die Umstände dabei erfolgen schön und natürlich daraus, und alles ist, wie der Anfang. betrübt. Die Erkenntnüs sowohl als der Glückswechsel müssen einen Teil der Hauptfabel ausmachen und aus der Materie also entspringen, dass alles, was vorgehet, sie entweder notwendig oder wahrscheinlich hervorbringe. Folglich dürfen sie nicht in den an und vor sich falschen Nebenfabeln sein.

Ich brauche nichts mehr zu sagen, um zu beweisen, dass *Cato* keinen Platz unter den zusammengesetzten Fabeln verlangen könne. Aber lasst uns die Erkenntnis etwas näher betrachten. Der Name ist klar genug, ihre Eigenschaften sind, dass sie Hass oder Liebe unter denen verursache, die der Poet will unglücklich oder glücklich machen, das ist unter den Hauptpersonen. Diese sind in diesem Trauerspiele ohnstreitig Cato und Cäsar. Aber Cato und Cäsar bleiben Feinde, obgleich Arsene als seine Tochter erkannt wird; soll aber Arsene es sein, so bleiben sie Freunde, wie sie es waren. Besser ist die andre, da sich Arsene und Cäsar erkennen. Denn diese werden aus Verliebten zu Feinden. Aber es ist und bleibt fehlerhaft, denn die Erkenntnis soll unter den Hauptpersonen und also unter Cäsarn und Caton vorgehen.

Keine Nebenperson muss den einen Teil ausmachen, viel weniger die Person sein, die erkannt wird; die Alten haben nicht leicht dawider gefehlt. Z. E. da sich Ion und seine Mutter beim Euripides erkennen, so werden sie aus Todfeinden die zärtlichsten Freunde. Beide sind auch die Vornehmsten im Spiele.

Aristoteles erkennt unter allen Arten der Erkenntnissen diejenige als die schönste, welche aus der Materie selbst gezeuget wird und durch wahrscheinliche Mittel ein großes Erstaunen zuwege bringet. Er führt als Beispiel den *Ödipus* und des Euripides *Iphigenie in Tauris* an. Diese letzte scheint das Muster von der im *Cato* gewesen zu sein. Euripides zeigt erstlich seine Fabel sehr deutlich an. Ein junger Prinz erhält von dem Orakel Befehl, das Bild einer Göttin aus ihrem Tempel zu reißen, um dadurch von seiner Raserei befreiet zu werden. Er reiset deswegen hin zu dem Tempel und erlangt seinen Zweck durch Hülfe seiner Schwester, die er dort erkennet. Diese Fabel ist richtig eine zusammengesetzte, denn die Erkenntnis liegt schon in der Materie selbst, ist aber die Materie nicht selbst, sondern nur ein Teil davon. An der Fabel des *Cato* aber hat die Erkenntnis der Arsene keinen Teil.

Euripides hat seine also ausgearbeitet, dass die Entdeckung ihren Grund in der vorhergehenden hat oder dass sie wohl vorbereitet ist. Bemerket die sinnreiche Art. Iphigenie kommt aus dem Tempel, um ihrem Bruder das Totenopfer zu bringen. Die Ursache, die sie selbst angibt, ist ihr Traum, worin, wiewohl dunkel, etwas von dem Zukünftigen erblickt wird. Nachdem Orestes, der die Ursache seiner Herkunft anzeigt, und Pylades wieder abgegangen, kommt Iphigenie wieder, klaget mit dem Chore über ihren Bruder. Indem kommt ein Bote und berichtet ihr, dass sie zwei gefangne Griechen opfern solle; dieser weiß zwar des Pylades, aber nicht des Orestes Namen. Sie fasset einen strengen Entschluss, und nachdem der Chor gesungen, so werden die beide herzugebracht, welche man gefangengenommen. Sie fragt auch den Orest um seinen Namen, aber er verweigert es ihr unter allerhand Entschuldigungen, gesteht aber doch, dass er von Argos sei und den Orest wohl kenne, von dessen Leben er ihr zugleich Nachricht erteilt. Sie selbst gibt oft zu verstehen, dass sie gern von hier wollte. Dies konnte nicht besser als durch die Hülfe ihres Bruders geschehen. An den findet sie itzt Gelegenheit zu schreiben, und so ist, ohne dass man es wahrnimmt, dieser Brief, das Mittel der Entdeckung, wohl vorbereitet. Denn als sie ihm denselben darauf aus einem wahrscheinlichen Grunde vorliest, so erkennet er daraus, dass sie seine Schwester sei. Es ist dies ein rechtes Kunststück. Es wird vielleicht allen sehr leicht scheinen. Aber eben deshalb ist es um so viel kunstreicher.

Hat es der Herr Professor auch also zubereitet? Er selbst sagt nichts davon. Ich finde auch nichts. Euripides lässt uns immer vermuten, dass jetzo die Entdeckung geschehen werde, aber er betrügt uns immer aufs angenehmste. Herr Gottsched gedenkt nicht mit einem Worte daran, bis er auf einmal mehr tut, als wir nicht gedacht haben, und zu einer Zeit, da es auch wohl niemand von ihm gefordert hätte. Dem Cato selbst ist es vorher nicht in die Gedanken gekommen, dass er eine Tochter gehabt. Und er selbst hätte sich eh des Himmels Einfall als die gar zu plötzliche Entdeckung versehn. Doch nein, Cato gedenkt mit zwei Worten an sein verloren Kind. Aber vornehmlich ist es 1) viel zu kurz vor der Entdeckung. 2) ist es nicht wahrscheinlich, dass sie, die er als ein junges Kind eingebüßet, sich noch sollte so ähnlich gewesen sein, dass er sie erkennet hätte. Ein scherzhafter Kopf würde sagen, der ernsthafte Cato müsse der Schönen ein wenig zu tief in die Augen geguckt haben: weil er ihre Bildung so genau bemerket. Und 3) liegt ihm Rom so sehr in Gedanken, dass er darüber seiner Kinder leicht vergisst. Die erste Zeile ist sehr gut:

Ich spüre neuen Trieb, Arsenen zu beschützen.

Die Natur kann sich regen. Ja, es hätte auch dem Cato wohl angestanden, wenn er wegen ihrer Tugend gewünscht, dass sie seine Portia sein möchte; dadurch wäre es vielleicht wahrscheinlich geworden. Aber also ist es zu gezwungen. Arsene selbst hätte, ohne das Spiel zu verderben, wohl wissen und sagen können, dass sie nicht des Arsaces Tochter sei. Es wären aber also alle die schönen Verweise wegen des Brudermordes weggefallen. Ich gebe es zu, behaupte aber, dass es besser sei und sein würde, weil man gar nicht vermutet, dass eine so tugendhafte Prinzessin so wenig gerechten Zorn habe, dass sie noch lange Gespräche von der Liebe mit ihres Bruders Mörder halten könne. Man erwartet von ihr nicht mehr als zwei Worte: »Grausamer Mörder meines Bruders, gehe mir aus den Augen!«

Die Art und Weise der Entdeckung kann nicht ungeschickter erdacht werden. Wie plump kommt der Phocas dahergerannt und sagts ihm schlechtweg. Arsene sei Portia, nachdem er eine romänenhafte Erfindung dahergeplaudert, die uns gar nicht rühret. Wann nichts mehr darzugehörte, als es dem andern sagen zu lassen, wenn er einen erkennen soll, so hätten die Kunstlehrer gewiss nicht so viel Wesens daraus machen dürfen. Der allergemeinste Witz reichte dazu hin. Was von geheimnisreiche Vorbereitungen, was für Umwege haben andere Dichter nicht zu nehmen gewusst! Sie scheinen immer ganz woanders hinaus zu wollen. Nie gehen sie geradezu. Viel schlechte Romänenschreiber haben es besser gemacht als Herr Gottsched. Iphigenia wird auch in der vorher angeführten Tragödie durch einen Brief entdeckt: aber wie ist der erstlich vorbereitet und sodann ganz woandershin gerichtet!

Ferner so ist auch gar keine Ursache, warum die Entdeckung gerade itzt und nicht eher oder später geschicht. Andre Dichter lassen sie erst dann vorgehen, wann sie nun als eine notwendige

Würkung ihrer treibenden Ursachen nicht ausbleiben und ohne dieselbe die ganze Handlung keinen fernern Fortgang haben noch das Ende erreichen kann. So ists mit dem *Ödipus* und andern beschaffen. Wann aber Cato gleich niemals seine Tochter wiedergesehen, hätte er sich deswegen nicht ermorden können?

Die folgenden Entdeckungen haben alle nicht im Geringsten mehr Kunst. Denn Cato sagt es allen nur schlechthin. Ob nun gleich dies sich für ihn schickt, so sind doch im Gegenteil der Vorsatz, seine Tochter erst zu probieren, ehe ers ihr kundtue, und die klägliche Art, mit welcher er ihr auf ihre Erklärung wegen der Liebe gegen den Cäsar antwortet, Dinge, die mit seinem Ernst und seiner Strenge sich nicht reimen. Der Kopf ist ihm noch nicht vom Weine warm geworden, dass er Lust zu scherzen und sich zu verstellen haben kann. Sonst hofft man, dass er sich [durch] solche Kleinigkeiten als ihre unschuldige Liebe gegen den Cäsar nicht gleich zu einer so unverständigen Betrübnis werde bringen lassen. Es wäre für ihn genug gewesen, wann er sie auf der Stelle hätte rufen lassen und es ihr kurzweg gesagt: »Du kannst nicht mehr der Parther Königin sein. Denn du bist meine verlorne Tochter«, und endlich nach ihrer Erklärung: »Tochter, gedenke mir nicht mehr an Cäsarn; denn dadurch beschimpfst du den Cato, deinen Vater.« Kurz, Briefe, Reden und andre solche Dinge müssen nicht schlechtweg die Erkenntnis selbst hervorbringen, sondern nur Gelegenheit geben, dass die Hauptperson dadurch auf die Erkenntnis gebracht werden.

Wie schlecht Cato, als die Hauptperson, dazu erwählet sei und wie wenig sein Charakter mit den Lehren des Aristoteles und Horaz übereinstimme, kann man aus dem *Briefwechsel von der Natur des poetischen Geschmacks* auf der 103. Seite sehen.[12] Hieraus folgt dann zugleich, da Cato wegen seines stoi-

12 Von Bodmer 1736 veröffentlichter Briefwechsel zwischen ihm und dem italienischen Dichter Graf Pietro Calepio (1693–1762).

schen Wesens sich nicht zu einer Hauptperson schicket, dass auch nicht ein rechtes Schrecken und Mitleiden in dieser Tragödie herrsche. Diese beiden Gemütsbewegungen müssen deswegen in dem Zuhörer erregt werden, dass er solche Taten, als in der Tragödie vorgestellet werden, fürchten und scheuen lerne. Wie oben gezeigt ist, so müssen diese allein von der Hauptperson verrichtet sein, und an der muss man auch sehn, wie elend und unglücklich ein solch Vergehn mache und wie groß die Schmerzen und die Verzweiflung sei, die sie darüber empfinde. Wann sie nun selbst nicht so beschaffen ist, dass man über sie erschrecken und Mitleiden haben kann, weil sie selbst kein Leid über ihr Unglück sehen lässt, so fällt der Endzweck der Trauerspiele, so fallen die Mittel zugleich hin. Man wird einwerfen, man fühle aber doch ein Mitleiden, ja auch Schrecken, wenn man den *Cato* lese? Es ist wahr. Aber eben das ist der größte Fehler: Was das Schrecken über seine Entleibung betrifft, so verliert es alle Kraft durch Catons Heldenmut und wird zur Bewunderung. Das ist gerade umgekehrt. Das Mitleiden aber entstehet bloß über die Angst und Betrübnis seiner Kinder. Die sind Nebenpersonen, also ist es eitel, fruchtlos, unregelmäßig, weil das erstere fehlet; sonst könnte es freilich wohl stattfinden, wann es jenes zu vermehren diente. Wie ganz anders hat doch Sophokles im *Ödipus* und *Ajax* die Regeln auszuüben und den Gipfel der Kunst zu erreichen gewusst. Ehe ich die Charakter der Personen prüfe, muss ich noch mit einem Worte der Verschwörung des Pharnaz gedenken. Ich besinne mich zwar auf keine Exempel und Regeln bei den Alten. Aber weil es eine grausame Handlung ist, so kann man sie doch aus dem Aristoteles beurteilen.

Vors Erste dient sie wiederum weder zur Verhinderung noch Beförderung des Todes des Cato, sondern nur seine und Cäsars Größe ans Licht zu bringen und sich wegen Arsenens zu rächen. Man weiß schon, dass diese Absicht dabei fehlerhaft ist. Zweitens ist nichts tadelbarer, als wenn eine schreckliche Tat beschlossen und nicht ausgeführt wird. Denn so wird das Schrecken nicht, sondern vielmehr das Lachen über einen solchen Großprahler erreget. Was man sonst in den hohen Gedanken und in der Schreibart »fallen« heißt, das ist dies in der Erfindung. Denn Pharnaz redet von erschrecklichen Dingen, von lauter Morden, Brennen, Verheeren (im 7. Auftritte der 2. Handlung). Hernach aber wird weiter nichts draus als ein Anfall auf das Schloss, worin Catons Sohn zufälligerweise umkommt. Deschamps hätte es viel besser zu einem so erschrecklichen Auflauf kommen lassen, dass sich endlich Cato selbst ermorden müssen; wann es nur nicht so sehr wider die Historie wäre. Aber der Herr Professor ist nicht glücklicher. Ich werde es zeigen.

Ich muss wegen Mangel des Raums hier abbrechen. Ich behalte mir künftig noch die Prüfung der Charaktere, der Sitten, der Auflösung des Knotens, der charaktermäßigen Reden, der Gedanken, Meinungen, Schreibart usw. vor. Wer dies inzwischen selbst prüfen will, darf nur Bodmers und Breitingers Schriften lesen. Ich gedachte hier nur noch eine Untersuchung der *Critischen Dichtkunst*, als eine Bestärkung des *Erweises*[13], anzuhängen; aber, weil es sich wegen Ermanglung des Platzes nicht tun lässt, so muss ich es gleichfalls verschieben. Vielleicht verwandle ich sie in kritische Abhandlungen verschiedener Materien der Dichtkunst und ende den Streit. Will mir jemand mit Gründen, nicht mit Scheltworten noch frembden Ansehen andrer Dichter, zeigen, dass ich geirret, der wird mich verbinden. Es wäre zu dem Schauplatze zu erheben als vielmehr den Wachstum der wahren Tragödie zu befördern.

13 *Erweis, dass die G*ttsch*dianische Sekte den Geschmack verderbe*, Titel der Schrift Pyras, in der die hier abgedruckte »Untersuchung« erschienen ist.

Literaturhinweise

Johann Christoph Gottsched: *Versuch einer critischen Dichtkunst vor die Deutschen; darinnen erstlich die allgemeinen Regeln der Poesie, hernach alle besondere Gattungen der Gedichte, abgehandelt und mit Exempeln erläutert werden.* Leipzig 1730.

Johann Christoph Gottsched: *Erste Gründe der gesammten Weltweisheit. Darinn alle Philosophische Wissenschaften in ihrer natürlichen Verknüpfung abgehandelt werden. Practischer Theil. Zum Gebrauche academischer Lectionen entworfen und mit einem Register versehen.* 2., verb. Aufl. Leipzig 1736.

Johann Christoph Gottsched: Geneigter Leser. In: *Die Deutsche Schaubühne nach den Regeln und Exempeln der Alten. Erster Theil, nebst einer Vorrede, und des Erzbischofs von Fenelon Gedanken von der Tragödie und Comödie ans Licht gestellet von Joh. Christoph Gottscheden Prof. der Weltw. und Dichtk. zu Leipzig.* Leipzig 1742, S. 5–21.

Achermann, Eric: Einleitung. Johann Christoph Gottsched – Philosophie, Poetik, Wissenschaft. In: Johann Christoph Gottsched (1700–1766) – Philosophie, Poetik, Wissenschaft. Hrsg. von E. A. Berlin 2014. S. 13–23.

Alt, Peter-André: Tragödie der Aufklärung. Eine Einführung. Tübingen 1994. [Zu Gottsched: S. 66–84, 108–124.]

Althaus, Thomas: Kritische Dichtkunst – Optionen der Gottschedischen Dramentheorie. In: Johann Christoph Gottsched (1700–1766) – Philosophie, Poetik, Wissenschaft. Hrsg. von Eric Achermann. Berlin 2014. S. 221–240.

Aurnhammer, Achim / Nikolas Detering: Deutsche Literatur der Frühen Neuzeit: Humanismus, Barock, Frühaufklärung. Tübingen 2019. [Überblickswerk mit Abschnitt zu Gottsched: S. 309–316.]

Ball, Gabriele: Moralische Küsse. Gottsched als Zeitschriftenherausgeber und literarischer Vermittler. Göttingen 2000.

Bohn, Arnd: Gottscheds *Sterbender Cato* as a Pretext for Lessing's *Emilia Galotti.* In: Seminar 24 (1988). S. 1–19.

Borjans-Heuser, Peter: Bürgerliche Produktivität und Dichtungstheorie. Strukturmerkmale der poetischen Rationalität im Werk von Johann Christoph Gottsched. Frankfurt a. M. / Bern 1981.

Bovenschen, Silvia: Die imaginierte Weiblichkeit. Exemplarische Untersuchungen zu kulturgeschichtlichen und literarischen Präsentationsformen des Weiblichen. 3. Aufl. Frankfurt a. M. 2016. [Kap. zu Frauen und Gelehrsamkeit im 18. Jh.]

Brunkhorst, Martin: Die Cato-Kontroverse. Klassizistische Kritik an Addison, Deschamps und Gottsched. In: Literaturwissenschaftliches Jahrbuch N. F. 20 (1979). S. 71–87.

Buhr, Heiko: »Sprich, soll denn die Natur der Tugend Eintrag tun?« Studien zum Freitod im 17. und 18. Jahrhundert. Würzburg 1998. [Zu Gottscheds *Sterbender Cato*: S. 81–97.]

Conrady, Karl Otto: Gottsched – Sterbender Cato. In: Das deutsche Drama. Interpretationen. Hrsg. von Benno von Wiese. Bd. 1. 2. Aufl. Düsseldorf 1960. S. 61–78.

Deiters, Franz-Josef: Vom Werden des Theaters zum Schauplatz des Autors. Johann Christoph Gottscheds Theaterreform in mediologischer Sicht. In: Literatur als Performance. Literaturwissenschaftliche Studien zum Thema Performance. Hrsg. von Ana R. Calero Valera und Brigitte E. Jirku. Würzburg 2013. S. 41–56.

Doering, Sabine: Märtyrer mit Familie. Gottscheds *Sterbender Cato* im Gattungsspektrum des Aufklärungsdramas. In: Resonanzen. Festschrift für Hans Joachim Kreutzer. Hrsg. von S. D. Würzburg 2000. S. 47–59.

Dresen, Adolf: Hanswursts Immerwiederkehr. Die Leipziger Liaison von Literatur und Theater. In: Gottsched-Tag. Wissenschaftliche Veranstaltung zum 300. Geburtstag von Johann Christoph Gottsched am 17. Februar 2000 in der Alten Handelsbörse in Leipzig. Hrsg. von Kurt Nowak und Ludwig Stockinger. Stuttgart/Leipzig 2002. S. 71–88.

Fink, Gonthier-Louis: Vom universellen zum nationalen Literaturmodell im deutsch-französischen Konkurrenzkampf (1690–1770). In: Tradition, Norm, Innovation. Soziales und literarisches Traditionsverhalten in der Frühzeit der deutschen Aufklärung. Hrsg. von Wilfried Barner. München 1989. S. 33–67.

Gemert, Guillaume van: Übersetzen im Gottsched-Kreis: Addisons

Cato in Deutschland. In: Ars et ingenium. Studien zum Übersetzen. Festgabe für Frans Stoks. Hrsg. von Hans Ester [u. a.]. Amsterdam/Maarssen 1983. S. 179–208.

Graff, Max: Literarische Dimensionen der Menschenwürde. Exemplarische Analysen zur Bedeutung des Menschenwürdebegriffs in der deutschsprachigen Literatur seit der Frühaufklärung. Tübingen 2017. [Kap. zu Gottscheds *Sterbender Cato.*]

Grimm, Gunter E.: Literatur und Gelehrtentum in Deutschland. Untersuchungen zum Wandel ihres Verhältnisses vom Humanismus bis zur Frühaufklärung. Tübingen 1983. [Kap. zu Gottscheds *Critische Dichtkunst.*]

Hammer, Carl Jr.: The Current Re-Emergence of Gottsched. In: South Central Bulletin 26 (1967). S. 35–42. [Zur Gottsched-Rezeption in der deutschsprachigen Literatur.]

Hausen, Karin: Die Polarisierung der »Geschlechtscharaktere« – Eine Spiegelung der Dissoziation von Erwerbs- und Familienleben. In: Sozialgeschichte der Familie in der Neuzeit Europas. Neue Forschungen. Hrsg. von Werner Conze. Stuttgart 1976. S. 363–393. [Überblicksartikel zur Entwicklung des Geschlechterdiskurses.]

Heitner, Robert H.: German Tragedy in the Age of Enlightenment. Berkeley / Los Angeles 1963. [Kap. zu den Tragödien in Gottscheds *Die deutsche Schaubühne.*]

Herrmann, Hans Peter: Naturnachahmung und Einbildungskraft. Zur Entwicklung der deutschen Poetik von 1670–1740. Bad Homburg / Berlin / Zürich 1970. [Kap. zu Gottscheds *Critische Dichtkunst.*]

Heydebrand, Renate von: Johann Christoph Gottscheds Trauerspiel *Der sterbende Cato* und die Kritik. Analyse eines Kräftespiels. In: Rezeption und Produktion zwischen 1570 und 1730. Festschrift für Günther Weydt. Hrsg. von Wolfdietrich Rasch, Hans Geulen und Klaus Haberkamm. Bern/München 1972. S. 553–569.

Hollmer, Heide: Anmut und Nutzen. Die Originaltrauerspiele in Gottscheds »Deutscher Schaubühne«. Tübingen 1994.

– Johann Christoph Gottsched: *Sterbender Cato.* In: Dramen vom Barock bis zur Aufklärung. Stuttgart 2000. S. 177–199.

Krause, Frank: Stoische Ungeduld. Johann Christoph Gottsched: *Der sterbende Cato.* In: German Life and Letters 54 (2001) H. 3. S. 191–209.

Krebs, Roland: Modernität und Traditionalität in Gottscheds Theaterreform. In: Tradition, Norm, Innovation. Hrsg. von Wilfried Barner. München 1989. S. 125–148.

Lukas, Wolfgang: Anthropologie und Theodizee. Studien zum Moraldiskurs im deutschsprachigen Drama der Aufklärung (ca. 1730 bis 1770). Göttingen 2005. [Kap. zu Gottscheds *Cato*.]

Lütteken, Anett: »Die Vertheidigung vieler großen Dichter alter und neuer Zeiten«: Zum Anthologie-Verständnis Gottscheds. In: German Life and Letters 70 (2017) H. 1. S. 22–39.

Marti, Hanspeter: Gottsched als Universitätslehrer. In: Johann Christoph Gottsched (1700–1766) – Philosophie, Poetik, Wissenschaft. Hrsg. von Eric Achermann. Berlin (2014). S. 269–292.

Martus, Steffen: Aufklärung – Das deutsche 18. Jahrhundert. Ein Epochenbild. Berlin 2015.

Mattenklott, Gert / Stephan Richter / Klaus Schulte: Der Hof als Adressat großbürgerlicher Aufklärung. Die Auseinandersetzung mit der feudalabsolutistischen Repräsentationskunst in Johann Christoph Gottscheds Literaturprogramm. In: Westberliner Projekt: Grundkurs 18. Jahrhundert. Hrsg. von Gert Mattenklott und Klaus R. Scherpe. Kronberg 1974. S. 74–119.

Meid, Christopher: Die griechische Tragödie im Drama der Aufklärung. »Bei den Alten in die Schule gehen«. Tübingen 2008.

Meier, Albert: Dramaturgie der Bewunderung. Untersuchungen zur politisch-klassizistischen Tragödie des 18. Jahrhunderts. Frankfurt a. M. 1993.

Meierhofer, Christian: Von Vernunft und Unvernunft. Darstellungsumbrüche in Tragödien der frühen Aufklärung. In: Weimarer Beiträge 58 (2012) H. 4. S. 485–505.

Mitchell, Phillip M.: Johann Christoph Gottsched (1700–1766). Harbinger of German Classicism. Columbia 1995.

Pailer, Gaby: *Cato* und *Cornelia.* Das republikanische Rom als Aufklärungsmodell in den frühen Trauerspieladaptionen der Gottscheds. In: Diskurse der Aufklärung. Luise Adelgunde Victorie und Johann Christoph Gottsched. Hrsg. von Gabriele Ball. Wiesbaden (2006). S. 169–189.

Ranke, Wolfgang: Theatermoral. Moralische Argumentation und dramatische Kommunikation in der Tragödie der Aufklärung. Würzburg 2009. S. 94–193. [Kap. zu Gottscheds *Sterbender Cato*.]

Rieck, Werner: Johann Christoph Gottsched. Eine kritische Würdigung seines Werkes. Berlin (Ost) 1972.

Rochow, Christian E.: Das Drama hohen Stils. Aufklärung und Tragödie in Deutschland (1730–1790). Heidelberg 1994. [Kap. zu Gottscheds *Sterbender Cato*.]

Scherpe, Klaus R.: Gattungspoetik im 18. Jahrhundert. Historische Entwicklung von Gottsched bei Herder. Stuttgart 1968. [Kap. zu Gattungsbegriff und Nachahmung bei Gottsched.]

Sier, Kurt: Gottsched und die Antike. In: Gottsched-Tag. Wissenschaftliche Veranstaltung zum 300. Geburtstag von Johann Christoph Gottsched am 17. Februar 2000 in der Alten Handelsbörse in Leipzig. Hrsg. von Kurt Nowak und Ludwig Stockinger. Stuttgart/Leipzig 2002. S. 89–110.

Steinmetz, Horst: Das deutsche Drama von Gottsched bis Lessing. Stuttgart 1987. [Überblicksdarstellung zur Dramenpoetik, mit Blick auf die Theatersituation vor Gottsched.]

– Nachwort. In: Johann Christoph Gottsched: *Sterbender Cato*. Hrsg. von Horst Steinmetz. Stuttgart 1964. S. 132–143.

Stockinger, Ludwig: Gottscheds Stellung in der deutschen Literaturgeschichte. In: Gottsched-Tag. Wissenschaftliche Veranstaltung zum 300. Geburtstag von Johann Christoph Gottsched am 17. Februar 2000 in der Alten Handelsbörse in Leipzig. Hrsg. von Kurt Nowak und Ludwig Stockinger. Stuttgart/Leipzig 2002. S. 15–49.

Weiershausen, Romana: Zeitenwandel als Familiendrama. Genre und Politik im deutschsprachigen Theater des 18. Jahrhunderts. Bielefeld 2018. [Kap. zu Gottscheds *Sterbender Cato*.]

Wirtz, Thomas: Gerichtsverfahren. Ein dramaturgisches Modell in Trauerspielen der Frühaufklärung. Würzburg 1994. [Kap. zu Gottscheds *Sterbender Cato*.]

Wölfel, Kurt: Moralische Anstalt. Zur Dramaturgie von Gottsched bis Lessing. In: Deutsche Dramentheorien. Bd. I. Hrsg. von Reinhold Grimm. Frankfurt a. M. 1971. S. 45–122. [Überblicksartikel.]

Nachwort

In seiner Zeit war Gottscheds *Sterbender Cato*[1] eines der meist gespielten Stücke auf deutschsprachigen Bühnen. Uraufgeführt 1731 in Leipzig, ein Jahr später im Druck erschienen, erlebte es noch zu Lebzeiten Gottscheds zahlreiche weitere Auflagen und hatte einen »Stammplatz im Repertoire sicher« (Hollmer 2000, 177). Aber der Erfolg war aufgrund einer Ästhetik, die bald als überholt galt, nicht von Dauer. Dass das Stück heute, wenn nicht auf der Bühne, so doch als Lektüre weiterhin nachgefragt bleibt, mag zunächst erstaunen – und das nicht nur, weil die Tragödie über den unbeugsamen Römer, geschrieben im Alexandrinervers, für ein heutiges Lesepublikum sperrig anmutet. Denn selbst von Zeitgenossen wurde das Stück (etwa ab den 1740er Jahren) zunehmend kritisiert und mitunter als schlechte Dichtung ganz und gar verworfen. So gehört das Drama zugleich »zu den meistgescholtenen Texten der deutschen Literatur«; besonders bekannt sind die wiederholten, polemischen Angriffe von Bodmer, Pyra und Lessing (Hollmer 1994, 111 f.). Aber gerade damit geht seine nachhaltige Bedeutung einher. Gottscheds selbst ernanntes Musterdrama polarisierte, und damit wird das Stück zu einem entscheidenden Kristallisationspunkt im Feld der wechselseitigen Kämpfe um das Theater im 18. Jahrhundert. Es war eine Umbruchszeit, in der das Theater als wichtiges Medium für eine Verbesserung des Menschen im Sinne der Aufklärung neu entdeckt wurde, man aber darum stritt, wie dieses Theater aussehen sollte und welchen Vorbildern man folgen wollte. Zu Beginn des 18. Jahrhunderts stand die Theaterlandschaft im deutschsprachigen Raum angesichts von Tendenzen zu Volksbelustigung (Wanderbühne) oder höfi-

1 Ab der vierten Auflage änderte Gottsched den Titel in *Cato*.

schem Spektakel (Oper) beim Bürgertum künstlerisch und sittlich in keinem guten Ruf, obwohl sich im Barock auch anspruchsvolle Dramenformen entwickelt hatten, wie das Schlesische Kunstdrama Andreas Gryphius' oder Daniel Casper von Lohensteins oder das Schultheater Christian Weises. Die barocke Lust an Bildlichkeit und Stilmitteln entsprach nun allerdings auch nicht mehr dem frühaufklärerischen Kunstideal. Gottsched bemühte sich darum, die deutschsprachige Dramatik neu zu regulieren, indem er nach dem Vorbild des französischen Klassizismus Formvorgaben aufstellte. Im Kontext dieser normativ angelegten Poetik, in der Gottsched Vorschriften für eine ›richtige‹ Dichtung verfasste, wurde seine heroische Tragödie *Sterbender Cato* ein wichtiger Bezugspunkt in der Literaturgeschichte. Denn Gottsched formulierte ein System und gab mit dem Drama ein Beispiel, dem gegenüber man sich positionieren konnte – in Anlehnung ebenso wie in Abgrenzung (Althaus 2014). Auf diese Weise bereitete er auch weiteren Neuerern des Theaters wie Lessing den Boden. Wer die großen Entwicklungsprozesse in der Aufklärungsdramatik verstehen will, die die heutigen Vorstellungen von einem ›traditionellen‹ bürgerlichen Theater maßgeblich geprägt haben, kommt an Gottscheds *Sterbender Cato* nicht vorbei.

Das System Gottsched

Der Königsberger Gelehrte, der 1724 vor der preußischen Zwangsrekrutierung nach Sachsen geflohen und dort zunächst als Privatlehrer und außerordentlicher Professor, ab 1734 als Professor für Logik und Metaphysik an der Leipziger Universität tätig war (vgl. Marti 2014), gilt als vehementer Streiter für eine Dichtkunst in deutscher Sprache, die es im Rang mit den europäischen Nachbarn aufnehmen kann. Er hat mit diesem Vorhaben häufig Anlass zu Missverständnissen gegeben. So wurde er sowohl von späteren deutschnationalen Diskursen zu vereinnahmen versucht (vgl. etwa Eugen Reichels *Gottsched der Deutsche*, 1901), als auch schon zu Lebzeiten für seine starke Bezugnahme auf das Französische kritisiert. Beides trifft aber insofern nicht, als Gottsched sich noch einer universellen Gelehrtenrepublik verpflichtet fühlte (vgl. Fink 1989). »Kulturpatriotisch« (Lütteken 2014, 27) kann man seinen Einsatz durchaus nennen, wenn man damit meint, dass er Schriften aus deutscher Feder in die vorderste Riege der Dichtung seiner Zeit eingereiht wissen wollte. Wenn Gottsched sich an französischen Vorbildern orientierte, so entsprach dies der Bedeutung des Französischen an den Hoftheatern und erleichterte – neben der Gelehrtensprache Latein – den Zugang zu den Wissensarchiven. Erklärtermaßen zielte Gottscheds Poetik auf das universell Gültige, das er in der griechischen und römischen Antike verbürgt sah. In Bezug auf die theoretische Grundlegung der dramatischen Dichtkunst war dies vor allem die *Poetik* des Aristoteles. Allerdings blieb er in der Rezeption der griechischen Texte aufgrund offenbar nicht ausreichender Griechischkenntnisse auf Übersetzungen angewiesen (Meid 2008, 22 f.), lateinische oder eben französische. Auch mit Aristoteles' *Poetik* wurde er in französischer Übersetzung bekannt, wie er in der Vorrede zum *Sterbenden Cato* mitteilt. Dies ist insofern problematisch, als die Geschichte der Aristoteles-Übersetzungen auch eine Geschichte der Auslegung ist, bei der – im Sinne des Kulturtransfers – der Ursprungstext in den jeweils eigenen kulturellen und geistesgeschichtlichen Horizont eingepasst wird. Indem sich Gottsched also der Vermittler bediente, übernahm er auch deren Akzentverschiebung. Gottsched thematisiert dies in seinen Schriften nicht, er sieht die gewünschte Orientierung an der Antike im französischen

Klassizismus verwirklicht. In der Theorie bezieht er sich in der Folge nicht nur auf Aristoteles und Horaz, sondern besonders auch auf Nicolas Boileau-Despréaux (*L'Art poétique*, 1674). Zu den wichtigsten Regeln gehört dabei die Einhaltung der drei sogenannten ›aristotelischen Einheiten‹ von Handlung, Ort und Zeit, wobei sich hier besonders deutlich die Dogmatisierung zeigt, mit der Aristoteles' *Poetik* ausgelegt wurde.[2] Weitere zentrale Regeln sind die Ständeklausel (hohes Personal in der Tragödie, mittleres oder niederes in der Komödie) und die Angemessenheit des Stils (bei der Tragödie: das hohen Personen gemäße Pathos) sowie weitere Personenregeln wie das Verbot der leeren Bühne, demzufolge bei einem Personenwechsel Überleitungen geschaffen werden müssen (personell, indem mindestens eine Person noch bleibt, während neue hinzutreten, oder durch eine Ankündigung in der Figurenrede) und eine Obergrenze gleichzeitig auftretender Personen auf der Bühne. Beachtet werden sollen zudem die Wohlanständigkeit (»bienséance«) und die Wahrscheinlichkeit (»vraisemblance«). Insbesondere das Argument der Wahrscheinlichkeit ist dem Frühaufklärer Gottsched maßgeblich. Er verwendet es, um die Einheiten zu begründen, und auch, um sich vehement gegen ein Theater in der Tradition des Barock zu wenden, in dem allegorische Figuren auftraten und mit Theatereffekten wundersam anmutende Verwandlungen oder Erscheinungen inszeniert wurden. Frühaufklärerisch ist zudem Gottscheds betont rationalistischer Ansatz: Das Drama soll einen »moralischen Lehrsatz« mittels eines passend gewählten Stoffs veran-

2 Wenn Aristoteles dafür plädiert, die Handlung innerhalb eines Sonnenumlaufs stattfinden zu lassen, und er die Einheit des Ortes gar nicht erst erläutern muss, sondern voraussetzen kann, so ergibt sich dies aus der antiken Theatersituation mit offenen Spielstätten (Amphitheatern) ohne künstliche Beleuchtungsanlagen und mit fixiertem baulichem Hintergrund ohne Kulissenwechsel.

schaulichen und das Publikum damit zu einem tugendhaften Verhalten erziehen.[3]

Sein Unterfangen, die deutsche Theaterlandschaft nach dem Vorbild der französischen *doctrine classique* zu reformieren, verfolgte er strategisch äußerst geschickt auf mehreren Ebenen. Die theoretische Grundlegung mit dem poetologischen Werk *Versuch einer Critischen Dichtkunst vor die Deutschen* (1730) wurde von öffentlichen Reden Gottscheds begleitet, etwa der berühmten 9. Akademierede (»Die Schauspiele und besonders die Tragödien sind aus einer wohlbestellten Republik nicht zu verbannen«, 1729), die überhaupt erst einmal das Theater als ernst zu nehmendes moraldidaktisches Mittel für das große aufklärerische Projekt einer Verbesserung des Menschen zu behaupten suchte. Bei der weiteren Verbreitung seiner Ideen half seine rege Tätigkeit als Herausgeber von Moralischen Wochenschriften (*Die Vernünftigen Tadlerinnen*, 1725–26; *Der Biedermann*, 1727–29). Und Gottsched gab mit *Die Deutsche Schaubühne* eine Anthologie heraus (1741–45), die Tragödien, Komödien sowie poetologische Schriften versammelte, die er als vorbildlich ansah. An diesen Aktivitäten hatte seine erste Frau Luise Adelgunde Victorie Gottsched, geb. Kulmus (1713–1762) als Übersetzerin und auch als Verfasserin von Komödien einen kaum zu unterschätzenden Anteil. Durchaus konform mit dem Geschlechterdiskurs der Zeit, in der man noch nicht von zwei komplementär gedachten »Geschlechtscharakteren« ausging (Hausen 1976), die Frau in der Öffentlichkeit zwar keine selbständige Position behaupten, wohl aber als ›kleiner Mann‹ auch an Gelehrsamkeit teilhaben durfte (Bovenschen 1979), nennt Gottsched sie in verschiedenen Vorreden seine »Gehülfin«. Im

3 Vgl. zu Gottscheds Regeln für das Theater: »Versuch einer Critischen Dichtkunst vor die Deutschen«, in: J. Chr. G.: *Schriften zur Literatur*, hrsg. von Horst Steinmetz, Stuttgart 1972, 12–196.

Theaterbetrieb der Frühaufklärung einzigartig war die Allianz des Professors mit einer Schauspielertruppe, was sicherstellte, dass Stücke eines »gereinigten« und »regelmäßigen« Theaters tatsächlich auf der Bühne aufgeführt wurden. Wichtig war insbesondere der bis 1741 andauernde Austausch mit der Schauspielerin und Theaterprinzipalin Friederike Caroline Neuber. Auch sein *Sterbender Cato* wurde von der Neuberschen Truppe uraufgeführt. Dies zeigt nicht nur den strategisch klugen, sondern auch den inhaltlich ganzheitlichen Ansatz, bei dem sich Gottsched nicht nur für die literarische, sondern auch für die praktische Seite des Theaters interessierte. Er beförderte auf diese Weise maßgeblich eine Literarisierung des Theaterbetriebs, indem sich die Schauspieler an einen Text halten mussten, der auch einem Lesepublikum zugänglich war (vgl. Ranke 2009, 96). Dies stand einer herrschenden Theaterpraxis entgegen, die davon geprägt war, dass die Wandertruppen ihre Stücke vor der Konkurrenz zu bewahren suchten und die Schauspieler die fehlende Überprüfbarkeit zum Extemporieren nutzen konnten.

Mit Gottscheds Reform gingen sowohl innovative Impulse (etwa die Orientierung an Wahrscheinlichkeit, der Anspruch eines wohleingerichteten Textes) als auch ein Systemdenken einher, das fixiert war (die absolut gesetzten formalen Regeln), wenngleich letzteres von Anfang an in einem gewissen Spannungsverhältnis zur Pluralität der in seiner *Deutschen Schaubühne* versammelten Stücke stand,[4] die diesen Regeln nicht immer ganz entsprachen. Spätestens ab den 1750er Jahren waren selbst die meisten seiner Schüler andere Wege weitergegangen (Aurnhammer/Detering 2019, 310 u. 315 f.). Verschiedentlich ist bereits hervorgehoben worden, dass dies nicht zuletzt damit zusammenhing, dass seine Dichtungslehre zu starr angelegt war

4 Die diskursive Produktivität dessen verfolgt Leonie Süwolto als Forschungsprojekt an der Universität Paderborn.

und bald nicht mehr zu den sich verändernden Vorstellungen von Natürlichkeit (im Zuge der Empfindsamkeit oder gar des Sturm und Drang) passte. Gottsched vermochte es nicht, sein Modell mit der Zeit weiterzuentwickeln (Heßelmann 2014, 204) – was denn allerdings auch im Widerspruch zur Prämisse von dessen universeller Gültigkeit gestanden hätte (Steinmetz 1964, 134). Aber einlinig ist die Entwicklung in der Zeit nicht, weder hinsichtlich der angeblichen Vertreibung der beliebten Spaßmacherfigur (»Harlekin« oder »Hanswurst«) mit ihren improvisierten lustigen Zwischenspielen auf deutschen Bühnen, die Gottsched ein Dorn im Auge war, noch hinsichtlich einer klaren Ablösung von Gottscheds Theaterideal (wie es eine an Lessing orientierte Literaturgeschichtsschreibung mitunter nahelegt). Trotz einer zunehmenden und im Sturm und Drang massiv werdenden Orientierung an Shakespeare, den man gegen eine als ›unnatürlich‹ empfundene Regeldramatik ins Feld führte, blieb auch der Stil der heroischen Verstragödie, wie ihn die Gottschedschule vertrat, mit regionalen Unterschieden auf dem Theater bis zum Ende des 18. Jahrhunderts präsent (Meier 1993, 209; Heßelmann 2014, 217), und zwar besonders im Süden des deutschsprachigen Raums. Die Dramatik der Aufklärung ist von vielfältigen Prozessen und Verschiebungen gekennzeichnet (Weiershausen 2018), die nicht nur aufeinanderfolgten, sondern sich überlagerten und ein dynamisches Spannungsfeld ergaben.

Das Stück

Sterbender Cato ist das erste Drama Gottscheds. Bereits in der zeitgenössischen Debatte über das Stück aber wurde in Frage gestellt, ob es sich dabei überhaupt um ein »Originalstück« handelt. Tatsächlich sind die Anleihen aus den beiden Prätexten, die Gottsched selbst nennt, nämlich Joseph Addisons *Cato* von 1713 und François Deschamps *Caton d'Utique* von 1715, erheblich. Die ersten vier Akte folgen Deschamps, der letzte Addison, zum großen Teil sind die Verse übersetzt: Von »fast 90%« spricht Hollmer (1994, 110).[5] Die engere Auffassung von Originalität bei der Urheberschaft eines Werks bildete sich allerdings erst ab den 1740er Jahren heraus (und steigerte sich schließlich bis zur Genieästhetik des Sturm und Drang). Zur Entstehungszeit des Dramas war Gottscheds Verfahren der Textproduktion durch Übersetzung und Kompilation noch gängige Theaterpraxis – und passte überdies zum Konzept eines traditionsbewussten Schreibens. Für den Kontext seiner Theaterreform ist die Umarbeitung aus zwei vorliegenden Cato-Dramen besonders aussagekräftig, da der kontrastive Vergleich umso deutlicher erkennen lässt, worauf es Gottsched ankam. Er beschreibt seine Bemühungen um die klassizistischen Regeln (hier: Einheit der Handlung, Personenkette, Wahrscheinlichkeit, Widerspruchsfreiheit des Protagonisten) selbst ausführlich in der Vorrede. Dass Gottsched – dem Bescheidenheitstopos bei der Erstveröffentlichung zum Trotz – selbst von seinem originären Beitrag überzeugt war und blieb, drückt er durch die spätere Aufnahme des Stücks in seine *Deutsche Schaubühne* aus: Es sei »in der That das erste [Drama], welches bey der letzten Verbesserung unsrer deutschen Schaubühne, die seit zwölf Jahren erfolget ist, ans Licht getreten ist« (Gottsched 1742, 12).[6] Dies rechtfertige auch den erneuten Abdruck, obwohl die Anthologie eigentlich deutschen Stücken oder Übersetzungen vorbehalten war, die noch nicht im Druck vorlagen. Außerdem habe er neben dem neuen Titel *Cato* weitere »wichtige[ ] Veränderungen« vorgenommen.

5 Zur Rezeption der Cato-Dramen von Addison, Deschamps und Gottsched im Vergleich: Brunkhorst 1979.

6 Der chronologisch dritte Band erschien 1742 nachträglich als »Erster Theil«.

Diese Änderungen sind allerdings nicht grundsätzlicher Art, sondern bestehen neben einzelnen Formulierungen hauptsächlich in der Einführung des »edle[n] *Du* der Alten, anstatt des französischen Euch und Ihr« (ebd., 14). Die Anlage des Stücks dagegen bleibt unverändert. In diese Richtung geht bereits die unter dem Titel erschienene Ausgabe von 1736 (die der Gottsched-Werkausgabe zugrunde liegt: *Ausgewählte Werke*, Bd. 2, hg. von Joachim Birke, 1970).

Die Tragödie zeigt sich insgesamt als ein Übergangsstück, das sowohl Elemente der neuen Zeit (der Regelanspruch und dessen nationale Motivierung; Ansätze zu einem mittleren Charakter) als auch Elemente der alten (die Nähe zum barocken Märtyrerdrama; die Versform) enthält (Heydebrand 1972, 565). Dies geht nicht bruchlos auf, worauf schon Gottscheds eigene argumentative Anstrengungen in der Vorrede hindeuten, den stoischen Cato in das klassizistische Modell einzuholen: als bewunderungswürdigen Helden mit Fehler im Sinne der aristotelischen *hamartia* statt als Märtyrer.[7] Aber es bleibt ein Held ohne Entwicklung, für den sich zudem von Anfang an eine Todessehnsucht ausmachen lässt (Althaus 2014, 238). Eine wahre Bewährungsprobe dagegen besteht Catos Tochter Arsene/Portia, indem sie Verzicht auf die angetragene Ehe mit Cäsar leistet – im Rahmen einer Liebesthematik, die Gottsched doch eigentlich aus der Tragödie verbannt wissen wollte. Cäsar wiederum erschien schon zeitgenössischen Rezensenten nicht als so abschreckendes Beispiel, wie es der didaktische Anspruch, einen eindeutigen moralischen Lehrsatz zu veranschaulichen, erfordert hätte.[8] Die Forschung hat in der Orientierung an Gottscheds eigenen Vorgaben eine Reihe solcher

7 Zur grundsätzlichen Ambivalenz der Figur stellvertretend: Krause 2001; zur Diskussion in der Forschung: Meierhofer 2012, 493.

8 Zur Einordnung der Figur des Cäsar vgl. z. B. Lukas 2005, 55–58.

Brüche nachgewiesen. Seltener sind Versuche, das Stück aus dem verengenden Zusammenhang des Musterdramas zu lösen, indem man es als eigenständige dramatische Konstruktion liest, etwa als Geschichtsdrama *avant la lettre* (Steinmetz 1964, 140). Demgegenüber setzen andere Forschungsbeiträge auf das Potenzial, das durch die Widersprüchlichkeiten zwischen Gottscheds Regelsystem, seiner schriftstellerischen Praxis und den in der *Deutschen Schaubühne* versammelten Beispielen freigesetzt wird. Denn gerade dies musste die Diskussion anregen und öffnen.[9]

In einer solchen Perspektive lässt sich auch produktiv machen, dass es sich bei *Sterbender Cato* um ein Übergangsstück handelt. In dieser Gemengelage konnte das Stück als Bindeglied wirken, das verschiedene Diskursanschlüsse bereithielt. Ein Übergangsstück ist es auch insofern, als hier noch ungeschieden ist, was sich erst im Verlaufe der Jahrhundertmitte ausdifferenzieren wird. Dazu gehört insbesondere das Feld von Politik und Familie. Denn Cato ist ein Held »mit Familie«: Er tritt nicht »allein als Staatsmann« auf, sondern »zugleich auch als Familienvater, der bestrebt ist, die Interessen beider Sphären, die seines Hauses und die der von ihm vertretenen Politik, miteinander in Einklang zu bringen« (Doering 2000, 53). Was das bürgerliche Trauerspiel später zunehmend in einen Gegensatz setzen wird, die Privatsphäre der Familie und die politische Sphäre des Herrschaftsbereichs, gehört hier noch zusammen. Aufschlussreich sind Gottscheds Ausführungen zur Staatslehre in seinem wenig später, nämlich 1733 erschienenen Werk *Erste Gründe der Weltweisheit* (dazu: Pailer 2006). Durchaus im Anschluss an ältere

9 Vgl. z. B. Wirtz 1994, Althaus 2014, noch unpubliziert die *Journées d'études* zu Gottsched in Paderborn unter Leitung von Leonie Süwolto sowie Hendrik Schlieper und Jörn Steigerwald, 2017 und 2019.

Staatslehren denkt Gottsched größere Herrschaftsverbünde vom Modell der Familie aus (im Sinne des großen Hauses, noch nicht der empfindsamen Kleinfamilie). Von hier aus lässt sich das familiäre Geschehen als Beleg für die Integrität auf der politischen Ebene verstehen: Während Catos Familie eine Einheit bildet, auch wenn es die Tochter große Opfer kostet, zeigt die eingestreute Vorgeschichte um Cäsars Schwiegersohn Pompejus, dass in dieser Familie Intrigen, Vertrauensbrüche und Rache walten. Die implizite Botschaft dessen ist deutlich: Ist Cäsar in der Familie nicht zu vertrauen, so auch nicht in der Herrschaft. Verhält er sich bei seinen Auftritten im Drama als klug und durchaus ehrbar, wird dies durch die Zerrüttung seiner Familie denunziert. Indirekt wird so die »tugendhafte[ ] Größe« bei Cäsar tatsächlich als eine »falsche[ ]« ausgewiesen, die nur »den Schein einer Tugend annimmt« (Vorrede, S. 16). Angesichts der Tugend, die über die persönliche Integrität so sehr ins Zentrum rückt, gerät das Politische des Stücks fast aus dem Blick. Dies passt insofern ins Bild, als Gottsched in *Erste Gründe der Weltweisheit* den Begriff »Republik« im allgemeinen Sinn eines Staatsgefüges versteht – unabhängig von der Art der Herrschaft. Dabei nennt er »dreyerley gute, und dreyerley schlimme Regierungsformen« (Gottsched 1736, 510), in Abhängigkeit von der Rechtmäßigkeit der jeweiligen Regierungsausübung: Sowohl die Regierung des Volkes (Demokratie) als auch die einer Gruppe (Oligarchie) oder die eines Einzelnen (Monarchie) könne gut oder schlecht ausgeübt werden – und damit kommt es letztlich auf die Tugend der Verantwortlichen an. Dennoch bleibt hier eine Leerstelle, denn Gottsched signalisiert in der Vorrede, dass er durchaus mit dem Cato-Stoff politische Brisanz verbindet, nämlich das vehemente Plädoyer »der patriotischen Liebe zur Freiheit« gegen die Tyrannen (S. 10). In Zeiten feudalistischer Herrschaft war dies eine immerhin bemerkenswerte Notiz.

Inhalt